소중한 _____ 에게

_____ 가(이) 선물합니다.

_____

셰익스피어
5대 희극

셰익스피어 지음

1564년 영국의 전형적인 지방 도시의 중산층 가정에서 태어났습니다.
14세 때, 가정 형편이 어려워져 대학 진학을 포기해야 했지만, 그의 문학적인 천재성은
무뎌지지 않았습니다. 1590년에서 1613년 사이에 모두 37편의 작품을 발표하며
활발한 활동을 했습니다. 「말괄량이 길들이기」, 「베니스의 상인」 등의 희극과 「햄릿」, 「맥베스」
등의 비극을 포함한 37편의 희곡과 여러 권의 시집을 냈습니다. 영국이 낳은
세계 최고의 극작가로 오늘날까지 극찬받고 있습니다.

강정규 엮음

「소년」과 「현대문학」에 동화와 소설이 추천되어 문단에 나왔습니다.
그동안 「셰익스피어 5대 희극」, 「마지막 잎새」, 「장발장」 등을 엮었고, 「작은 도둑」,
「별이 된 다람쥐」, 「다섯 시 반에 멈춘 시계」, 「큰 소나무」, 「청개북 두 마리」,
「작은 학교 큰 선생님」, 「돌이 아버지」, 「짱구의 일기」 등을 펴내, 방정환문학상과
대한민국문학상을 받았습니다.

2025년 02월 25일 4판 10쇄 **펴냄**
2011년 07월 25일 4판 1쇄 **펴냄**
2003년 05월 30일 3판 1쇄 **펴냄**
2001년 04월 16일 2판 1쇄 **펴냄**
1993년 04월 15일 1판 1쇄 **펴냄**

펴낸곳 (주)효리원
펴낸이 윤종근
지은이 셰익스피어
엮은이 강정규 · **그린이** 박요한
등록 1990년 12월 20일 · **번호** 2-1108
우편 번호 03147
주소 서울시 종로구 삼일대로 457, 406호
전화 02)3675-5222 · **팩스** 02)765-5222

이메일 hyoreewon@hyoreewon.com
홈페이지 www.hyoreewon.com

셰익스피어

5대 희극

셰익스피어 지음
강정규 엮음 / 박요한 그림

효리원
hyoreewon.com

어른들은 흔히 명작을 읽으라고 권합니다. 그런데 과연 명작이란 무엇일까요?

'명작'이란 글자 그대로 훌륭하고 유명한 작품을 말합니다. 그런데 유명하다고 다 훌륭한 작품일까요? 또 훌륭하다는 기준은 무엇일까요?

유명하다는 것은 많은 사람들이 알고 있다는 뜻입니다. 훌륭하다는 것은 나무랄 데 없이 좋다는 뜻이고요.

이런 점에서 볼 때, 셰익스피어의 작품을 명작으로 꼽는 데 주저할 사람은 아무도 없으리라 생각합니다.

셰익스피어는 영국이 낳은 세계적인 극작가입니다. 살면서 그의 이름을 한 번도 들어 보지 못한 사람은 없을 것입니다. 또 그의 작품 한두 편쯤 모르는 사람도 없을 테고요.

꼭 희곡으로가 아니더라도 우리는 그의 작품을 흔히 접할 수 있습니다. 연극, 영화, 소설 등으로도 많이 다루어져 왔으니까요.

『셰익스피어 5대 희극』은 셰익스피어의 수많은 희곡 중 가장 대표적인 희극 다섯 편을 묶은 것입니다.

이것은 단순히 웃기는 얘기가 아닙니다. 인생의 진실을 명랑한 시선으로 파악하고 표현한 얘기입니다.

이 이야기들 속에 등장하는 주인공은 모두 어려움에 처한 불행한 사람들입니다. 그러나 그들은 조금도 좌절하지 않고 밝고 힘차게 주어진 고난을 헤쳐 나갑니다.

우리는 이 책에서 슬프면서도 우스꽝스런 사건들을 훌륭히 풀어내는 멋진 주인공들을 만나게 됩니다. 그러면서 여러분은 어떠한 상황에서도 참된 행복을 만들어 내는 방법을 배우게 될 것입니다.

엮은이 강정규

말괄량이 길들이기

온 도시가 손든 천하의 말괄량이 캐서린.
그녀 앞에 나타난 기상천외의 괴짜 신사 페트루키오.
그가 개발해 낸 배꼽 잡는 말괄량이 길들이기 법!
두 사람의 불꽃 튀는 사랑 만들기.

천하의 말괄량이 캐서린

"제발 비앙카와 결혼하게 해 주십시오."

호텐쇼는 오늘도 뱁티스터를 찾아와 이렇게 애원했습니다.

그러나 뱁티스터의 대답은 여전합니다.

"제발 날 좀 괴롭히지 말게나. 자네가 아무리 졸라도 캐서린을 놔 두고 비앙카부터 시집보낼 수는 없어. 캐서린이라면 내일 당장 이라도 결혼시킬 수 있는데……. 자네, 캐서린은 어떤가?"

그러자 그는 뜨거운 것에라도 데인 듯 움찔 놀라는 표정을 지었습니다. 그리고는 이렇게 말했습니다.

"곤란한데요. 이 도시에서 캐서린을 당해 낼 남자가 과연 있을까요?"

하고 말하며 슬금슬금 도망쳤습니다. 곁에서 이 모습을 지켜보던 캐서린은 소리를 꽥 질렀습니다.

"아버지는 왜 아무 녀석이나 붙잡고 그렇게 사정을 하세요? 제 꼴만 우스워지잖아요. 나도 저런 얼간이한테는 죽어도 시집갈 생각 없어요."

그러고는 홱 돌아서서 방으로 들어가 버렸습니다. 아버지는 걱정스럽게 딸의 뒷모습을 바라볼 뿐이었습니다.

뱁티스터는 패듀어에서 가장 부유한 신사입니다. 그에게는 딸이 둘 있는데, 첫째 딸이 캐서린이고 둘째 딸이 비앙카입니다. 두 딸 모두 외모가 아름답고, 배울 만큼 배워 교양도 있습니다. 그래서 겉으로 보기에 뱁티스터는 세상에 부러울 것 하나 없는 행복한 사람이었습니다.

그런데 그에게는 큰 고민이 있었습니다. 딸들이 혼기가 찼는데도 시집을 보내지 못한 것입니다. 둘째 딸 비앙카에게는 오래 전부터 결혼 신청을 하려고 찾아오는 남자들이 줄을 서 있었습니다.

문제는 캐서린입니다. 비앙카가 양처럼 온순하고 얌전한 반면에, 언니 캐서린은 성질이 사나운데다가 수다쟁이, 고집쟁이, 심술쟁이로 온 도시에 소문이 나 있었습니다. 그래서 캐서린과 결혼하겠다고 나서는 사람이 하나도 없었습니다.

뱁티스터는 무슨 일이 있어도 순서대로 캐서린부터 시집보낼 생각이었습니다.

그런데 찾아오는 사람마다 비앙카하고만 결혼하겠다는 것입니

다. 뱁티스터가 캐서린과 결혼하면 재산을 많이 주겠다고 아무리 사정해도 캐서린 얘기만 나오면 모두 줄행랑을 쳤습니다.

따라서 비앙카와 결혼하고자 하는 남자들에게도 캐서린은 큰 골칫거리였습니다.

한편, 베로나에는 페트루키오라는 남자가 살았습니다. 그는 키가 크고 목소리가 우렁찼으며, 성미가 급했습니다.

사소한 일에도 화를 잘 냈지만 금방 잊어버리고 유쾌하게 웃어 넘길 줄 알았습니다. 사람들은 그를 가리켜 괴팍하고 이상한 신사라고 수군댔습니다. 그러나 그는 남이 뭐라고 하든 전혀 신경 쓰지 않았습니다.

얼마 전 그의 아버지가 꽤 많은 유산을 남기고 세상을 떠났습니다. 덕분에 그는 부자가 되었습니다. 그러던 어느 날 그는 문득 이런 생각을 했습니다.

'이곳 생활은 너무 따분해. 그러니 다른 도시로 여행을 떠나자. 이곳저곳 다니면서 돈 벌 궁리도 해 보고, 마음에 드는 아가씨와 결혼도 하고 말이야.'

그는 어디로 갈까 이리저리 생각해 보았습니다. 그런데 마침 패듀어에 사는 친구 호텐쇼가 떠올랐습니다. 그는 호텐쇼에게 가기로 마음먹고 말에 올라탔습니다.

한편, 호텐쇼는 비앙카에게 청혼하러 갔다가 헛걸음만 하고 돌아와서는 넋을 놓고 앉아 있었습니다.

'정말 캐서린은 문제야. 뱁티스터 어른은 캐서린을 시집보내기 전에는 비앙카의 얼굴도 보여 주지 않을 작정인가 봐. 하지만 어림도 없지. 세상에 누가 캐서린 같은 여자에게 장가들려고 하겠는가 말이야.'

그런 생각을 하며 한숨을 푹 내쉬었습니다. 그때 누군가 '쾅쾅' 하고 대문을 세게 두드렸습니다. 문을 열어 본 그는 그만 깜짝 놀랐습니다. 페트루키오가 먼지투성이의 옷을 입고, 말을 어깨에 둘러메다시피 하고 서 있었기 때문입니다.

"아니, 페트루키오! 자네가 웬일인가?"

"호텐쇼, 잘 있었나? 그나저나 이 빌어먹을 말 좀 보게나. 글쎄 이틀밖에 달리지 않았는데도 이렇게 뻗어서는 저기서부터 내가 업고 오는 길이라네."

"자네는 여전하군. 불 같은 성미에다 거침없는 말버릇 하며……. 어쨌든 반갑네. 어서 들어오게."

호텐쇼는 웃음을 띠며 친구를 맞아들였습니다. 그들은 차를 마시며 그동안 살아온 이야기를 나누었습니다. 페트루키오가 먼저 물었습니다.

"어이, 호텐쇼. 자네 아직 결혼 안 했나?"

호텐쇼는 그 말에 금세 우울해져서 말했습니다.

"그게 고민이라네. 지금 당장이라도 결혼하고 싶지만 굉장한 말괄량이 아가씨가 있어서 말이야."

"대체 무슨 소린가? 그렇게 얼굴만 찡그리지 말고 속 시원히 말 좀 해 보게나."

페트루키오는 답답하다는 듯 소리를 질렀습니다.

"그 아가씨 심술이 어찌나 사나운지 울던 아이가 그 이름만 들어도 울음을 뚝 그칠 정도라네. 게다가 고집은 황소 같고, 툭하면 욕을 해 대며 길길이 날뛰는데 아무도 당해 낼 수가 없다네. 문제는 그 아가씨의 신랑감을 하루빨리 구해야 하는데 도무지 나서는 사람이 없다는 거야."

"그런데 왜 자네가 그 아가씨 신랑감을 못 구해서 이렇게 안달인가?"

"사실 난 그 아가씨의 동생을 사랑해 오래 전부터 그 집에 청혼했는데 그 아버지가 언니를 놔 두고 동생부터 시집보낼 수는 없다고 결사 반대하신다네. 그래서 이러지도 저러지도 못하고 있다네. 자네가 어디 괜찮은 사람 하나 알면 소개해 주지 않겠나? 그 아가씨의 아버지는 대단한 부자여서 딸을 데려가겠다고만 하면 지참금을 두둑히 내놓을 걸세."

페트루키오는 호텐쇼의 얘기를 듣는 동안 그 말괄량이 아가씨에게 호기심이 생겼습니다.

"하하하, 호텐쇼! 그만 얼굴 펴게. 내가 자네의 고민을 깨끗이 해결해 줄 테니까."

"아니 뭐? 그럼, 적당한 신랑감이 있다는 말인가?"

호텐쇼는 눈을 동그랗게 뜨며 물었습니다.

"물론! 바로 여기 있지 않은가? 나, 페트루키오!"

"뭐? 농담 말게. 내 사정이 아무리 딱하다 해도 친구를 이용할 수는 없어. 그 여자는 자네 신붓감으로 추천할 만한 인물이 아니야."

"그런 것은 전혀 걱정할 필요 없어. 나 역시 세상이 알아주는 괴짜가 아닌가? 나에게는 그런 여자가 어울려. 자네가 정말 날 생각해 준다면 지금 당장 나를 그 여자 집으로 데려다 주게."

그래도 호텐쇼는 머리를 가로저으며 망설였습니다.

"사실은 내게 돈이 필요해. 얼마 전 아버지가 유산 한 푼 남겨 주지 않고 돌아가셨거든. 그래서 난 지금 빈털터리야. 돈만 많이 가져온다면 호박같이 생겼든, 할머니든, 성질이 사납든 상관없어."

페트루키오는 이렇게 거짓말을 했습니다. 그러자 호텐쇼도 마음이 조금씩 움직이는 것 같았습니다.

"그 여자는 성질이 고약해서 그렇지, 얼굴은 제법 예뻐. 또 배울 만큼 배웠고."

"그래? 그렇다면 더 생각해 볼 것도 없네. 당장 그 집으로 가세."

호텐쇼는 페트루키오가 캐서린을 만나 보고 나서도 제발 마음이 바뀌지 않기를 바라며 함께 일어섰습니다.

페트루키오의 청혼

"앙앙! 언니 잘못했으니 이것 좀 풀어 줘요."

비앙카는 손이 밧줄에 묶인 채 소리 내어 울었습니다. 그 옆에는 캐서린이 씩씩거리며 서 있었습니다.

"넌 날 약 올리려고 이렇게 예쁘게 입었지? 그러고 나서 남자를 만나려고 말이야. 솔직히 말해. 누굴 만나려고 했어?"

비앙카는 너무 기가 막혀 아무 말도 못 했습니다. 새 드레스를 입고 거울 앞에 서 있다가 캐서린의 눈에 띄어 이런 봉변을 당한 것입니다.

"왜 묻는 말에 대답이 없어? 맞아야겠니?"

캐서린은 더욱 소리지르며 날뛰었습니다. 그 기세에 눌려 비앙카는 잘못한 것도 없이 그저 용서를 빌었습니다.

이런 소동에 놀라 뱁티스터가 뛰어들어 왔습니다.

그는 비앙카의 모습을 보고 얼굴이 하얗게 질렸습니다.

"이게 무슨 난리냐, 응?"

비앙카는 아버지를 보자 더 크게 울었습니다.

"캐서린, 동생한테 이게 무슨 짓이니? 애가 무슨 큰 잘못을 했길래?"

"아버지, 전 잘못한 거 없어요. 가만히 있었다고요."

비앙카는 이렇게 말하며 애처로운 눈빛으로 아버지를 쳐다보았습니다. 뱁티스터는 비앙카의 손목에서 밧줄을 풀었습니다. 비앙카의 손목은 빨갛게 부어 있었습니다.

"너는 무슨 애가 이 모양이냐? 가만히 있는 동생을 이 꼴로 만들다니⋯⋯."

"아버지는 왜 저만 야단치세요?"

캐서린은 화를 벌컥 냈습니다.

"비앙카는 항상 얌전하고 착하니 무슨 야단칠 일이 있어야 야단을 치지."

"아버지는 무조건 비앙카 편이에요. 매일 '우리 비앙카! 우리 비앙카!' 하고 감싸시면서 저는 거들떠보지도 않잖아요. 늘 아무한테나 시집보낼 궁리나 하시고. 정말 서러워 못 살겠어요. 앙앙앙!"

캐서린은 눈물은 한 방울도 흘리지 않고 소리만 크게 내며 밖으로 나가 버렸습니다. 뱁티스터는 골치가 아픈 듯 한 손으로 이마를

짚으며 한숨을 내쉬었습니다.

그때 하인이 달려와 손님이 왔다고 알렸습니다.

그래서 뱁티스터는 거실로 내려갔습니다. 손님이란 바로 페트루키오였습니다. 페트루키오는 뱁티스터를 보자마자 앞으로 나서며 말했습니다.

"안녕하십니까? 저는 페트루키오라고 합니다. 댁에 아주 예의바르며 아름다운 따님이 계시다는 소문을 듣고 찾아왔습니다."

뱁티스터는 당연히 비앙카를 두고 하는 소리이겠거니 생각했습니다. 그래서 시큰둥하게 여기며 자리에 앉았습니다.

"처음 보는 청년이라 잘 모르는 모양인데, 큰딸 캐서린이 결혼하기 전까지는 비앙카를 시집보낼 수 없소. 그러니 나중에 오시오."

"전 바로 캐서린에게 청혼하려고 온 겁니다."

페트루키오가 이렇게 당당하게 말하자 뱁티스터는 깜짝 놀랐습니다. 그리고 자기 귀가 의심스럽다는 듯 "뭐, 뭐라고 하셨소? 분명 캐서린이라고 하셨소?"

하고 확인했습니다.

"예, 전 캐서린과 결혼하고 싶습니다."

"아니, 도대체 그 애를 어떻게 감당하려고?"

"캐서린은 이 세상에서 가장 얌전하고 수줍음을 많이 타며 마음씨가 착한 아가씨라고 알고 있는데요. 그래서 먼 베로나에서 여기까지 달려왔습니다."

뱁티스터는 딸을 시집보내고 싶기는 하였지만 거짓말을 할 수는 없었습니다. 그래서 사실대로 말했습니다.

"그건, 내 딸을 잘 몰라서 하는 소리요. 나중에 후회하지 말고 다시 한 번 생각해 보시오."

"뱁티스터 어른, 전 굉장히 바쁜 사람입니다. 성미도 급하고요. 다른 사람들처럼 몇 번이나 청혼하러 올 수는 없습니다. 제게는 아버님으로부터 물려받은 유산이 있습니다. 결혼해서 캐서린을 고생시키지는 않겠습니다. 그러니 지금 결정을 지어 주시지요. 따님과 결혼하면 지참금은 얼마나 주시겠습니까?"

뱁티스터는 청혼하는 사람치고는 좀 엉뚱하다고 생각하면서 그를 쳐다보았습니다.

"난 자네의 재산에는 관심이 없네. 과연 자네가 캐서린의 사랑을 얻을 수 있을지 모르겠네. 만약 캐서린과 결혼하게 된다면 2만 크라운과 내 토지의 반을 주지."

"하하하하. 문제없습니다, 장인 어른."

페트루키오는 이렇게 큰소리쳤습니다. 그때 캐서린의 음악 선생이 머리에 기타를 뒤집어쓰고 뛰어들어 왔습니다.

그는 뱁티스터를 향해 외쳤습니다.

"전 도저히 캐서린 아가씨를 더 이상 가르칠 수 없습니다. 아가씨가 기타를 연주할 때 몇 가지 틀린 점을 지적해 드렸습니다. 그랬더니 아가씨는 자기 연주에 트집을 잡는다고 기타로 제 머리를

내려쳤습니다."

음악 선생은 머리를 감싸쥐고 나가 버렸습니다. 뱁티스터는 또다시 머리가 지끈지끈 아파 왔습니다. 그러나 페트루키오는 여전히 기분 좋게 웃으며 말했습니다.

"참으로 용감한 아가씨군요. 빨리 만나 보고 싶은데요."

"좋소. 잠시만 기다리시오."

뱁티스터는 캐서린을 불러 오기 위해 나갔습니다.

페트루키오는 혼자 거실에 앉아 캐서린을 만나면 어떻게 기를 죽일까 궁리했습니다.

'캐서린을 보자마자 상냥하게 인사부터 하는 거야. 나에게 뭐라고 소리치면 나이팅게일처럼 아름답게 말한다고 해야지. 또 얼굴을 찡그리면 아침 이슬에 씻긴 장미꽃처럼 해맑게 보인다고 하고. 아무 말도 하지 않으면 정말 말을 재치 있게 한다고 칭찬하고, 나가라고 하면 물론 같이 있겠다고 하는 거야.'

그때 쿵쾅쿵쾅 하고 계단을 내려오는 발소리가 들렸습니다. 페트루키오는 '발소리가 요란한 걸 보니 캐서린이 틀림없어.' 하고 생각하며 마음을 단단히 먹었습니다.

마침내 '쾅!' 하고 문이 열리며 캐서린이 들어왔습니다.

"안녕? 사랑스런 케이트!"

페트루키오는 일부러 케이트라고 친근하게 부르며 인사를 했습니다. 그러나 캐서린은 그의 인사가 마음에 들지 않았습니다. 그래서 "신사들은 제 이름을 캐서린이라고 불러요." 하고 쏘아붙였습니다.

"당신은 누가 뭐래도 상냥하고 어여쁜 케이트요. 나는 당신이 아름답고 마음씨가 착하다는 소문을 듣고 멀리 베로나에서 당신과 결혼하기 위해 찾아왔다오."

"혓바닥을 잘도 놀리는군요. 지옥에나 가 버리시지!"

캐서린은 이렇게 소리치며 얼굴을 사납게 일그러뜨렸습니다. 페트루키오는 캐서린의 말은 들은 체도 하지 않고 싱글벙글 웃으며 말했습니다.

"당신은 소문보다 훨씬 아름답소."

"당신은 악마고 불량배야. 어서 꺼져!"

캐서린은 계속 소리를 질러 댔습니다.

"케이트, 어쩌면 그렇게 목소리도 고울까? 마치 천사의 노랫소리 같군."

캐서린은 더 이상 참을 수 없다는 듯 그의 뺨을 한 대 올려쳤습니다. 그러자 페트루키오는 "이번에는 내 차례군." 하며 캐서린의 뺨을 치려 했습니다. 그러면서 캐서린에게 가까이 다가가서는 와락 그녀를 끌어안았습니다.

"꺄악!"

캐서린은 질겁을 하며 비명을 질렀습니다.

"이거 못 놔? 그러지 않으면 물어 버릴 거야."

두 사람이 이렇게 티격태격하고 있는데 뱁티스터가 들어왔습니다. 페트루키오는 그를 보자마자 말했습니다.

"장인 어른, 마침 잘 오셨습니다. 캐서린과 저는 이번 주 일요일에 결혼하기로 결정했습니다."

그러자 캐서린이 펄펄 뛰며 외쳤습니다.

"당치도 않은 말이에요, 아버지. 일요일에 저 사람이 목 매달아 죽는 꼴이나 봤으면 좋겠어요."

"장인 어른, 캐서린의 말은 전혀 신경 쓰지 마십시오. 다른 사람

들 앞에서는 부끄러워서 안 그런 척해도 우리끼리 있을 때는 저에게 얼마나 사랑스럽고 정답게 군다고요. 그러니 염려 마시고 예정대로 결혼식 준비나 해 주십시오."

"아, 아버지 정말 너무해요. 어디서 저런 불한당을 데려다가 저와 결혼시키려는 거예요?"

캐서린은 필사적으로 울부짖었습니다. 그러나 페트루키오는 전혀 개의치 않고 두 부녀에게 말했습니다.

"저는 이만 돌아가겠습니다. 가서 결혼식 준비를 해야 되니까요. 케이트를 위해 반지며 화려한 옷들을 마련해 가지고 돌아오겠습니다. 내 사랑 케이트, 일요일에 봅시다. 안녕!"

그러면서 페트루키오는 캐서린의 뺨에 얼른 입을 맞추었습니다.

"어머, 망측해라!"

캐서린은 길길이 날뛰었습니다. 그러고는 뒤도 돌아보지 않고 자기 방으로 가 버렸습니다. 페트루키오는 캐서린의 행동에는 전혀 신경을 쓰지 않고 유유히 집을 나섰습니다. 뱁티스터는 캐서린과 페트루키오를 멍하니 바라보았습니다.

일요일, 뱁티스터의 집 정원에는 캐서린과 페트루키오의 결혼을 축하하기 위해 많은 사람들이 모여들었습니다. 그런데 시간이 다 되도록 신랑이 나타나지 않았습니다. 캐서린과 뱁티스터는 안절부절못했습니다.

"큰일났는걸. 사람들한테 다 알려 놨는데 끝까지 나타나지 않으면 무슨 망신이람."

뱁티스터가 이렇게 중얼거리자 캐서린은 잔뜩 심술 난 목소리로 말했습니다.

"아버지 마음대로 그런 건달과 약혼을 시키더니 이게 뭐예요? 앞으로 난 어떻게 얼굴을 들고 다녀요? 모두 날 보고 손가락질을 할 텐데."

그러면서 캐서린은 엉엉 소리 내어 울었습니다. 사람들은 캐서린이 울 때도 있나 하는 표정으로 그녀를 쳐다보았습니다.

그때 드디어 페트루키오가 나타났습니다. 그러나 도저히 신랑이라고 생각할 수 있는 차림이 아니었습니다. 낡은 조끼에 때가 낀 바지를 입고, 머리에는 펑퍼짐한 모자를 쓰고, 먼지가 뽀얗게 앉은 장화까지 신었습니다. 게다가 결혼 예물 같은 건 전혀 준비해 오지 않았습니다.

그런 그를 보고 뱁티스터는 옷만이라도 갈아입으라고 사정을 했습니다. 그러나 그는 오히려 큰소리쳤습니다.

"아, 사람하고 결혼하는 것이지 옷하고 결혼합니까? 어서 식을 올리지요."

그러고는 캐서린의 손을 잡아끌고 교회로 갔습니다. 목사는 신랑의 모습을 보고 큰 눈을 끔벅거리며 물었습니다.

"오늘 결혼하기로 한 신랑이 맞나요?"

"물론이죠. 전 바쁘니까 빨리 결혼식을 거행해 주시지요."

목사는 어리벙벙한 표정으로 결혼식을 시작했습니다.

목사가 페트루키오에게 물었습니다.

"캐서린을 아내로 맞이하여 기쁠 때나 슬플 때나 함께하겠는가?"

"예!"

페트루키오는 이렇게 교회가 떠나갈 듯 큰 소리로 대답했습니다. 목사는 갑작스런 외침에 너무나 깜짝 놀라 손에 들고 있던 성경책을 떨어뜨렸습니다. 그런데 목사가 성경책을 집으려고 허리를 굽히려는 순간입니다. 페트루키오는 고개 숙인 목사를 발로 차 버렸습니다. 그래서 목사는 그만 뒤로 벌렁 나자빠졌습니다.

목사는 결혼이고 뭐고 더 이상 이 식장에 있고 싶지가 않았습니다. 살금살금 눈치를 살피며 도망을 치려 했습니다. 페트루키오가 그런 목사를 보며 마구 욕을 해대었습니다.

그는 결혼식이 끝날 때까지 줄곧 발을 동동 구르고 보는 대로 트집을 잡으며 고함을 질렀습니다. 이를 지켜보는 캐서린까지 무서워 벌벌 떨 정도였습니다.

이렇게 정신 없이 결혼식을 끝내고 나자 캐서린의 집에서 축하 잔치가 벌어졌습니다. 페트루키오는 거기 모인 사람들을 둘러보며 말했습니다.

"이처럼 저희 두 사람의 결혼을 축하해 주셔서 감사합니다. 그런데 저는 아내를 데리고 이만 집으로 돌아가야겠습니다. 그럼, 모두 안녕히 계십시오."

캐서린과 뱁티스터는 깜짝 놀라 그를 붙들었습니다.

"왜 이러나? 첫날밤은 신부 집에서 지내는 것이 아닌가?"

"그래요. 갈 테면 혼자 가요. 난 여기 있겠어요."

"자, 케이트, 화내지 말고 어서 갑시다."

페트루키오는 이렇게 캐서린을 달랬습니다. 그래도 캐서린은 갈 생각을 하지 않았습니다. 그러자 갑자기 화를 내며 거칠게 캐서린의 손을 잡아끌었습니다.

"지금 나와 같이 집으로 가야 돼!"

캐서린은 가지 않으려고 발버둥쳤습니다. 그러나 페트루키오의 억센 힘을 당해 내지는 못했습니다.

남편에게 질질 끌려가는 캐서린을 보며 사람들은 웃음을 터뜨렸습니다. 그러고 나서 골칫거리를 해결했다고 속 시원해 하며 흥겹게 잔치를 즐겼습니다.

말괄량이 길들이기

캐서린이 페트루키오의 집에 도착한 것은 그로부터 사흘 뒤였습니다. 페트루키오는 일부러 늙고 빼빼 마른 말에 캐서린을 태우고 출발했습니다. 또 울퉁불퉁한 길만 골라 다녔습니다. 게다가 도중에 비까지 내렸습니다.

늙은 말이 먼저 지쳐 쓰러졌으므로 캐서린은 비를 쫄딱 맞고 흙탕물을 뒤집어썼습니다.

두 사람이 집 안으로 들어서자 곧 하인들이 달려나왔습니다. 그러나 페트루키오는 소리부터 질렀습니다.

"아니, 너희들은 주인이 왔는데 뭘 꾸물거리고 있다가 이제 나오는 거냐?"

그는 무섭게 얼굴을 찡그렸습니다.

"우선 배가 고프니 식사부터 내와라."

캐서린은 너무 지쳐서 옷 갈아입을 생각은 하지도 못하고 소파에 아무렇게나 걸터앉았습니다.

페트루키오는 또 하인들을 향해 외쳤습니다.

"손 씻을 물을 줘야 밥을 먹을 것 아니냐, 엉?"

하인이 얼른 물을 가져왔습니다. 캐서린이 손을 씻으려고 팔을 내미는 순간, 페트루키오는 일부러 하인을 밀어 물을 엎지르게 했습니다.

"이런 얼간이 같은 놈!"

그러면서 그는 하인을 마구 때렸습니다. 하인은 매우 아프다는 듯이 비명을 질렀습니다.

캐서린이 남편을 말렸습니다.

"그만하세요. 실수로 그런 건데."

잠시 후 두 사람은 밥을 먹으러 식당으로 갔습니다. 캐서린은 며칠 동안 제대로 먹지 못했기 때문에 금방 쓰러질 듯했습니다. 그래서 눈에 보이는 것은 닥치는 대로 먹어치울 수 있을 것 같았습니다. 그런데 페트루키오는 식탁에 앉자마자 또다시 소리를 지르며 하인을 구박했습니다.

"고기가 이게 뭐야? 새까맣게 탔잖아. 이런 걸 어떻게 먹으라는 거야?"

그는 고기와 접시를 바닥으로 내던졌습니다.

캐서린은 얼른 바닥에 떨어진 고기를 집어 들었습니다.

"참으세요, 여보. 이 정도면 괜찮은데요."

그리고 그것을 먹으려 했습니다.

"안 돼요. 탄 음식은 몸에 좋지 않아. 사랑하는 당신에게 그런 음식을 먹게 할 수는 없소."

그 후에도 계속 페트루키오는 이것저것 음식에 트집을 잡았습니다. 캐서린은 더 이상 말할 기운도 없었습니다.

그 모습을 보고 페트루키오는 자상한 목소리로 말했습니다.

"오, 당신 너무 피곤해 보이는구려. 어서 가서 잡시다."

그는 캐서린을 이끌고 침실로 갔습니다. 지칠 대로 지쳐 있던 캐서린은 침대를 보자마자 그 위에 쓰러졌습니다.

페트루키오는 이번에도 그녀를 가만두지 않았습니다. 그는 쓰러져 있는 캐서린을 잡아 일으키더니 고함을 지르기 시작했습니다.

"이런 변변치 않은 것들! 침대를 이 따위로 정돈하다니! 캐서린, 당신은 이런 데서 잠을 잘 수 있겠소?"

페트루키오는 잘 정리되어 있는 침대를 여기저기 쑤셔 대며 말했습니다.

"이봐요, 베갯단이 터졌잖소? 게다가 이 이불은 도대체 언제 빨아 둔 거야? 귀한 당신이 이런 걸 베고 덮고 잔다는 것은 말이 안 돼요. 내가 받아들일 수 없단 말이오."

그러면서 베개며 이불을 마구 집어던졌습니다. 캐서린은 완전히

얼이 빠진 듯 한 구석에서 아무 말도 못 하고 그가 하는 모양을 바라볼 뿐이었습니다.

캐서린은 그날 밤 거의 잠을 이루지 못했습니다. 밤새 페트루키오가 소리를 질러 대며 소란을 피웠기 때문입니다.

굶주린데다가 잠도 못 잔 캐서린은 거의 제정신이 아니었습니다. 늘 기세등등하며 제멋대로였던 옛날 캐서린의 모습은 찾아볼 수 없었습니다.

다음 날도 페트루키오의 고함 소리로 하루가 시작되었습니다. 그는 늘 웃는 얼굴로 캐서린에게 다정히 굴었습니다. 그러면서도 캐서린이 무엇을 먹으려고 하거나 잠시라도 눈을 붙이려고 하면 괜한 트집을 잡아 하인들을 호통치고 손에 잡히는 대로 던져 버렸습니다. 참다 못한 캐서린은 페트루키오의 눈을 피해 하인을 붙잡고 애걸했습니다.

"제발 먹을 것 좀 갖다 줘. 이러다간 굶어 죽겠어."

"예? 절대 안 됩니다. 주인 나리 허락 없이는 아무것도 드릴 수가 없어요. 만약 그랬다간 제 목이 달아날 테니까요."

하인은 펄펄 뛰며 안 된다고 버텼습니다. 캐서린은 그 자리에 주저앉아 탄식했습니다.

"그는 나를 말려 죽이려고 작정한 거야. 그러지 않고서는 이럴 수가 없어. 세상에 아쉬울 것 하나 없던 내가 이게 무슨 꼴이람. 아, 이제는 정신도 가물가물해. 그이 고함 소리에 지쳐 귀도 먹먹하고……. 내 집이 그리워!"

그때 페트루키오가 들어왔습니다. 그는 손에 고기 요리가 담긴 접시를 들고 캐서린을 근심스럽게 쳐다보았습니다.

"아니 여보, 왜 그렇게 울상을 짓고 있는 거요? 무슨 언짢은 일이라도 있소?"

캐서린은 그를 돌아볼 힘도 없었습니다. 그래서 페트루키오가 말을 걸어도 꿈쩍도 하지 않았습니다.

"자, 그만 기분 풀고 이리 와 봐요. 내가 당신을 위해서 직접 요리를 했다오."

캐서린은 믿어지지가 않아서 계속 아무 대꾸도 하지 않았습니다. 그러자 페트루키오가 말했습니다.

"내가 정성 들여 만들어 온 음식을 쳐다보지도 않다니……. 할수 없군."

그는 하인을 불러 접시를 도로 내가도록 했습니다. 그제야 캐서린은 정신이 들어 허둥지둥 일어나 소리쳤습니다.

"아, 아니에요. 그냥 놔두세요. 머, 먹을게요."

"사람은 작은 인정에도 감사하는 마음을 가져야 하오. 그런데 당신은 나에게 고맙다는 말 한 마디 하지 않는군."

페트루키오는 화난 목소리로 말했습니다. 캐서린은 속이 부글부글 끓었습니다. 그러나 그가 또 트집을 잡아 음식을 내갈까 봐 화를 내지 못했습니다. 너무 배가 고팠으니까요.

그래서 얼른 말했습니다.

"정말 고마워요. 잘 먹을게요."

그제야 페트루키오는 얼굴에 만족한 웃음을 띠었습니다.

캐서린은 그의 얼굴을 한 번 쳐다보고 나서 게걸스럽게 음식을 먹기 시작했습니다. 너무 배가 고팠던 탓에 음식은 순식간에 사라졌습니다.

캐서린이 다 먹고 나자 페트루키오는 부드럽게 말했습니다.

"여보, 우리 이번 주에 당신 집에 다녀옵시다. 결혼식 날 너무 서둘러 떠나 와서 아버님이 무척 서운해 하셨을 거요. 멋지게 차려입고 가서 흥겨운 잔치를 엽시다. 당신이 입고 갈 옷은 내가 이미 준비해 두었소. 비단 코트와 비단 모자, 레이스로 장식한 드레스, 금반지, 호박 팔찌, 진주 목걸이 등을 말이오. 당신 마음에 들었으면 좋겠군."

그러고 나서 그는 재봉사를 불렀습니다.

재봉사는 화려한 드레스와 모자를 들고 들어왔습니다.

캐서린은 먼저 모자를 써 보려고 집었습니다. 푸른 비단에 꽃 장식이 달린 고급 모자였습니다. 캐서린은 모자가 마음에 쏙 들었습니다. 그런데 페트루키오가 갑자기 모자를 빼앗아 내동댕이치며 소리 질렀습니다.

"내가 발로 만들어도 이보다는 낫겠다. 이게 모자야, 장난감이야?"

"여보, 왜 그래요? 난 마음에 든단 말이에요. 요즘 정숙한 부인들은 모두 이런 걸 써요."

"그렇다면 더더욱 안 되겠군. 당신은 결코 정숙한 부인이 아니니까."

이 말에 캐서린은 드디어 분을 터뜨리고 말았습니다.

"뭐라고요? 더 이상 못 참겠어요. 난 어린애가 아니에요. 내 마음대로 하며 살고 싶단 말이에요."

그러나 페트루키오는 그녀의 말은 전혀 못 들었다는 듯 갑자기 다정하게 말했습니다.

"역시 당신은 정숙한 부인이야. 당신 말대로 이건 너무 촌스럽고 시시해."

그러면서 페트루키오는 모자를 발로 밟아 버렸습니다. 캐서린은 씩씩거리며 모자를 집어 올렸습니다.

"그래도 난 이 모자를 쓰겠어요."

페트루키오는 캐서린의 손에서 모자를 빼앗아 창 밖으로 던져 버렸습니다. 그러고 나서 멍청히 서 있는 재봉사에게 드레스를 보여 달라고 했습니다. 재봉사가 상자에서 드레스를 꺼내 캐서린 앞에 펼쳐 보였습니다.

"아니, 이건 또 왜 이래? 가면 무도회에 입고 갈 옷인가? 여기저기 쭉쭉 찢어만 놓다니, 누가 가위로 장난을 친 것 같군. 이, 툭 튀어 나온 것은 뭐야?"

페트루키오는 드레스를 한 번 뒤적이더니 재봉사를 노려보며 말했습니다. 재봉사는 잔뜩 주눅이 들어서는 머뭇머뭇 말했습니다.

"그, 그건 소매인데요."

"소매? 차라리 대포 구멍이라고 하지? 이러고도 최고 재봉사라고 할 수 있겠어? 창피한 줄 알아야지."

페트루키오는 재봉사에게 말할 기회도 주지 않고 그를 다그쳤습니다.

이를 보다못해 캐서린이 나섰습니다.

"당신은 옷에 대해 하나도 모르면서 그렇게 큰소리예요? 난 이렇게 잘 지은 옷은 처음 봤어요."

그러자 페트루키오는 갑자기 재봉사 멱살을 움켜잡으며 소리쳤습니다.

"네가 날 아무것도 모르는 무식쟁이 취급을 해?"

재봉사는 페트루키오가 완전히 미쳤다고 생각하며 얼른 도망쳐 나갔습니다.

"여보, 역시 이대로가 제일 좋겠어. 옷차림이야 아무러면 어때? 마음이 제일이지. 게다가 당신은 원래 아름다워서 어떤 것을 입어도 어울리고 빛나 보여."

캐서린은 남편과 더 맞대고 싸울 기력이 없었습니다. 그래서 잠자코 듣고만 있었습니다.

"자, 그렇게 서 있지만 말고 어서 준비해요. 지금 곧 떠납시다. 어? 벌써 일곱 시네. 서둘러야 저녁때 도착하겠는걸."

"무슨 소리예요? 지금은 아침이 아니에요. 낮 두 시라고요. 그리고 아무리 빨리 간다 해도 이틀은 족히 걸릴 거예요."

캐서린이 어이없다는 표정으로 말하자 페트루키오는 금세 얼굴을 찡그리며 화를 냈습니다.

"도대체 무슨 말을 못 하겠네. 하는 얘기마다 반대하고 나서니, 원! 당신이 내 말에 찬성하기 전까지는 가지 않겠어."

집에 가게 되어 잔뜩 기대에 부풀었던 캐서린은 이 말을 듣자 땅이 꺼지는 것 같았습니다. 그동안의 경험으로 봐서 또다시 말대꾸를 했다가는 어떤 날벼락이 떨어질지 모릅니다.

그래서 그녀는 조용히 말했습니다.

"당신 말이 맞아요. 제가 뭔가 잘못 알았던 모양이에요. 지금은 아침 일곱 시예요."

"그러면 그렇지. 좋아, 이제 출발합시다."

캐서린과 페트루키오는 드디어 말에 올랐습니다. 사실 지금은 한낮이었습니다. 페트루키오는 캐서린의 기를 죽이려고 일부러 그렇게 우겨 댔던 것입니다.

하늘에는 태양이 눈부시게 빛나고 있었습니다.

그런데 페트루키오가 난데없이 감탄했습니다.

"달빛 한번 찬란하구나."

"뭐라고요? 저건 해예요. 낮에 뜨는 달도 있어요?"

캐서린이 기가 막히다는 듯 말했습니다.

"내가 달이라면 달이야. 앞으로 무조건 내 말에 동의해야 해. 그렇지 않으면 되돌아갈 테니까."

페트루키오가 정말 말을 돌리려 하자 캐서린은 다급하게 말했습니다.

"맞아요. 저건 달이에요."

"그렇지? 분명히 달이지?"

"예, 그러니 어서 가요."

"아니야, 저건 해야. 이 시간에 무슨 달이 뜨겠어? 당신, 머리가 어떻게 된 거 아냐?"

캐서린은 그만 지쳐 버렸습니다.

"그래요. 저건 해예요."

"거짓말이야. 저건 달이야."

"예, 달이지요. 당신이 해라고 하면 해고, 달이라고 하면 달이지요. 뭐든 당신이 이름 붙이기 나름이니까요."

페트루키오는 매우 만족스러운 듯 미소를 지으며 앞으로 달렸습니다.

한참을 달리다 두 사람은 어느 나무 그늘 아래에서 쉬려고 멈추었습니다. 그 나무 밑에는 한 노인이 앉아 쉬고 있었습니다. 페트루키오는 노인에게 상냥스럽게 말을 걸었습니다.

"안녕하세요, 아름다운 아가씨? 아가씨 혼자서 어디를 가시는 길입니까?"

"아가씨라고?"

노인은 눈을 동그랗게 뜨고 그를 쳐다보았습니다.

페트루키오는 캐서린을 돌아보며 말을 이었습니다.

"여보, 난 이렇게 얌전하고 예쁜 아가씨는 본 적이 없소. 두 뺨은 복숭아처럼 발그스레하고 두 눈은 별빛같이 반짝이는군. 당신은 어떻게 생각하오?"

"예, 정말 젊고 고운 아가씨군요. 이런 따님을 가지신 부모님은 참 행복하시겠어요."

캐서린은 순순히 남편의 말에 동의했습니다.

"그러면 저 아가씨에게 다가가 한번 안아 주구려."

캐서린은 시키는 대로 노인을 끌어안으려 했습니다.

노인은 놀라서 두 사람을 번갈아 쳐다보았습니다.

"당신들, 지금 제정신이야? 난 아가씨가 아니라 힘없는 늙은이란 말이오."

노인은 곧 화를 낼 것 같았습니다. 그러자 페트루키오는 캐서린에게 호통을 치기 시작했습니다.

"아니, 케이트, 당신 무슨 소리를 하는 거요? 점잖은 노인한테 그런 실례가 어디 있소?"

페트루키오가 이렇게 말하자 캐서린 역시 금세 태도를 바꾸었습니다.

"어머, 용서하세요, 노인 어른. 태양이 너무 눈부셔서 제가 잘못 본 모양이에요."

페트루키오도 노인에게 정중히 사과를 했습니다.

그러고 나서 다시 길을 떠났습니다.

두 사람이 집에 도착하자 뱁티스터와 비앙카가 반갑게 맞아 주었습니다.

"어서 오게, 페트루키오. 캐서린도 잘 지냈니? 때마침 아주 잘 왔구나. 이번 일요일에 비앙카가 결혼을 하게 되었단다. 그래서 연락을 하려던 참이었어."

뱁티스터가 유쾌하게 말했습니다.

"그래요? 비앙카, 정말 축하해요. 그래, 처제 같은 요조 숙녀를 신부로 맞이하게 된 그 행운아는 도대체 누구인가요?"

페트루키오가 궁금하다는 듯 이렇게 묻자 비앙카가 수줍게 대답했습니다.

"루센시오라고 제 가정 교사를 하던 사람이에요."

그날 저녁 뱁티스터 집에서는 잔치가 벌어졌습니다. 캐서린의 결혼과 비앙카의 약혼을 축하하기 위한 자리였습니다.

많은 사람들이 초대되어 왔습니다. 그중에는 호텐쇼도 끼어 있었습니다. 그도 얼마 있지 않아 결혼할 예정입니다. 원래 비앙카를 좋아했으나 거절당하고, 옛날부터 자기를 쫓아다녔던 여자와 결혼을 하기로 결정했던 것입니다.

그는 페트루키오에게 다가서며 친근하게 말을 걸었습니다.

"어이, 페트루키오! 고생이 많지? 왈가닥 부인을 모시느라고 말이야."

이 소리에 곁에 있던 루센시오가 끼어들었습니다.

"난 페트루키오를 생각하면 불쌍해서 눈물이 나오려고 해요. 세상에서 그렇게 지독한 아내를 얻은 남자는 또 없을 거요. 호텐쇼의 신부될 사람이나 비앙카를 보세요, 얼마나 얌전한가 말입니다. 모두 훌륭한 현모양처 감이지요. 페트루키오, 자네는 큰 실수를 한 거야."

"내 딸이지만 그 말은 백번 옳은 소리야. 나도 두 손 든 애거든."

뱁티스터도 거들었습니다. 주위에 있던 사람들이 모두 페트루키오를 쳐다보며 웃었습니다. 페트루키오는 그들의 말을 다 듣고 나서 천천히 입을 열었습니다.

"천만에요. 세상에 나같이 아내를 잘 얻은 사람도 없을 겁니다. 캐서린은 제 말이면 뭐든지 긍정하고 따릅니다. 아마 여기 모인 부인들 가운데 가장 순종을 잘할걸요. 어? 내 말이 믿기지 않는 표정들이네요. 좋습니다. 내 말이 맞는가 거짓말인가 내기할까요?"

호텐쇼와 루센시오가 흥미로운 눈길로 그를 보았습니다.

"누구의 아내가 가장 순종적인가 시험해 봅시다. 사람을 보내 각각의 아내 될 사람이나 아내를 불러 오는 겁니다. 제일 먼저 달려오는 여자가 가장 순종적인 겁니다. 어때요?"

"좋아."

호텐쇼와 루센시오는 자신 있게 대답했습니다. 그들은 자기들의 아내가 고집 센 캐서린보다 남자들의 말을 잘 따를 게 분명하다고 확신했습니다.

먼저 호텐쇼가 그의 신부 될 여자를 부르러 보냈습니다.

잠시 후 심부름 갔던 사람이 혼자 돌아왔습니다.

"아니 왜 혼자 오나?"

호텐쇼가 당황해 하며 물었습니다.

"저, 아가씨는 지금 바쁘셔서 오실 수 없답니다."

"아니, 감히 아내가, 남편이 오라는데 바쁘다는 핑계를 대고 오지 않다니 있을 수 있는 일인가?"

페트루키오가 이렇게 말하며 호텐쇼에게 창피를 주었습니다.

다음은 루센시오 차례입니다. 그는 하인에게 말했습니다.

"비앙카 아가씨더러 내게 와 달라고 부탁드리게."

그러자 페트루키오가 큰 소리로 웃으면서 말했습니다.

"부탁? 아내에게 사정을 한단 말인가?"

루센시오는 불쾌한 빛을 내보이며 말했습니다.

"흥! 캐서린 같으면 부탁해도 소용없을걸?"

이번에도 하인은 혼자 돌아왔습니다.

"비앙카 아가씨께서는 남자들이 무슨 장난을 치는 것 같다고 오시지 않겠답니다. 답답하면 루센시오님께서 직접 오시라는데요."

"뭐라고?"

루센시오는 얼굴이 새빨개져서는 안절부절못했습니다. 페트루키오는 그를 비웃으며 당당하게 하인에게 말했습니다.

"가서 캐서린 아씨보고 내가 지금 당장 오라고 명령하더라고 전해라."

사람들은 캐서린이 이 말을 들어도 나타나지 않을 거라고 생각했습니다. 순종적이라 믿었던 호텐쇼와 루센시오의 신붓감들도 오지 않았는데 천하의 말괄량이 캐서린이 올 리가 있겠느냐고 여긴 것입니다.

그때 '앗!' 하고 어떤 사람이 외쳤습니다.

"어? 이게 무슨 일이야? 캐서린이 오고 있잖아!"

사람들은 모두 깜짝 놀랐습니다. 분명 캐서린이었습니다.

그녀는 남편에게 다가가 다소곳이 말했습니다.

"절 부르셨어요?"

"그래요. 그런데 비앙카 처제와 호텐쇼의 약혼녀는 어떡하고 혼자 왔소?"

"그들은 오지 않겠대요. 거실에 앉아 얘기하고 있어요."

"어서 가서 그들도 데리고 와요."

캐서린은 두말하지 않고 돌아서 나갔다가 나머지 여자들을 데리고 왔습니다. 이것을 지켜본 사람들은 기적이 일어났다고 수군댔습니다. 뱁티스터 역시 자기 딸의 변화가 정말 믿어지지 않는 듯했습니다.

페트루키오는 의기양양하게 말했습니다.

"자, 제 말이 맞지요? 캐서린은 누구보다 순종 잘하며 본분을 지킬 줄 아는 아내랍니다."

캐서린은 다시 한 번 유명해졌습니다. 말괄량이로서가 아니라 가장 정숙한 부인으로서 말입니다.

"세상에서 가장 착한 아내, 캐서린을 위하여!"

사람들은 캐서린과 페트루키오를 위해 축배를 들었습니다.

베니스의 상인

잔인한 고리대금업자와 아름답고 똑똑한
여자 포셔의 한 판 승부! 포셔는 과연 살을
저당 잡히고 법정에 선 안토니오를
구해 낼 수 있을까요?

샤일록의 흉계

베니스 사람들 입에 자주 오르내리는 인물 가운데 샤일록과 안토니오라는 사람이 있습니다. 그런데 이 두 사람에 대한 평판은 정반대입니다.

샤일록은 누구에게나 욕을 먹었고, 안토니오는 누구에게나 칭찬을 받았습니다. 샤일록은 유대인으로서 고리대금업을 했습니다. 그는 가난한 상인들에게 돈을 빌려주고 나서 비싼 이자를 쳐서 되돌려받았습니다. 수단 방법을 가리지 않고 돈을 돌려받았기 때문에 사람들은 그를 굉장히 싫어했습니다.

한편 안토니오는 꽤 부유한 상인으로, 곤경에 처한 사람에게 이자를 받지 않고 돈을 빌려주었습니다. 또한 어려운 사람들을 발벗고 나서서 도와주었습니다. 안토니오는 항상 누구에게나 친절하게 대했고 마음이 착했습니다. 그는 사람들에게 악독하게 구는 샤일록을 아주 싫어했습니다.

샤일록도 안토니오를 미워했습니다. 그가 계속 무이자로 돈을 빌려주어 자기 평이 더 안 좋게 될 뿐만 아니라 자기 손님을 빼앗긴다고 생각했기 때문입니다. 샤일록은 안토니오라는 이름만 생각하면 자다가도 벌떡 일어날 정도였습니다. 그는 어떻게든 안토니오를 쫓아낼 궁리를 하며 그 기회만 호시탐탐 노렸습니다.

안토니오는 수평선으로 사라져 가는 배를 바라보았습니다. 네 척의 배가 상품을 가득 싣고 장사를 떠나는 길입니다.

그는 배가 눈에서 사라지자 혼자 중얼거리며 돌아섰습니다.

"저 상품들이 다 팔려야 될 텐데……."

안토니오는 마음이 무거웠습니다. 네 척이나 되는 배에 상품을 가득 채우기 위해서는 자신이 가지고 있던 돈만으로는 부족했습니다. 그래서 친구들에게까지 돈을 꾸어 상품을 마련했습니다. 만약 배가 도중에 풍랑을 만나서 뒤집히거나 장사가 잘 안 되는 날엔 안토니오는 파산하고 말 것입니다. 그는 불안한 마음을 떨쳐 버리려는 듯 고개를 저으며 말했습니다.

"내 배는 반드시, 투자한 돈의 몇 배를 가지고 돌아올 거야. 그러면 빚을 다 갚고 배 한 척을 더 사야지."

안토니오가 집으로 돌아오니 친구 밧사니오가 와 있었습니다.

"밧사니오, 오랜만이군. 잘 지냈나?"

안토니오는 친구에게 반갑게 인사를 건넸습니다.

"응, 자넨 어떤가? 참, 장삿배가 출발했다지?"

"지금 막 떠났어. 그런데 자네 얼굴이 안 좋아 보이는데, 무슨 걱정거리라도 있나?"

밧사니오는 '휴우' 하고 한숨을 내쉬었습니다.

"어? 보통 일이 아닌가 보네. 자네는 늘 명랑하고 즐거운 사람 아닌가? 그런데 한숨을 다 쉬고, 게다가 얼굴이 누렇게 뜬 게 꼭 병자 같구먼."

"자네 보기도 부끄러워 그러네. 얼마 전 난 빈털터리가 됐어."

밧사니오는 재산이 많은 귀족의 아들입니다. 그는 성격이 활달하고 남자다웠지만 씀씀이가 헤퍼서 걱정이었습니다. 결국 그는 아버지가 물려주신 재산을 흥청망청 쓰다가 다 털어 버리고, 지금은 돈 한 푼 없는 신세가 되었던 것입니다.

"솔직히 말해 보게. 꼭 돈 때문만은 아닌 것 같은데. 내게 숨길 게 뭐 있나? 내가 할 수 있는 한 도와줄 테니까."

안토니오가 다정스레 말하자 밧사니오는 속마음을 털어놓았습니다.

"사실 난 어떤 아가씨를 사랑해. 그 여자는 얼굴이 아름다울 뿐만 아니라 마음씨도 비단결같이 고와. 또 똑똑하고 재산도 많지. 그래서 그녀와 결혼하고자 원하는 남자들이 줄을 서 있어. 돈 많은

귀족에서 멀리 외국의 영주들까지 그 수를 셀 수 없을 정도라네. 나도 청혼하러 가고 싶어. 하지만 용기가 나지 않아. 이렇게 빈털터리가 돼 가지고 어떻게 그 많은 경쟁자들과 겨뤄 이길 수 있겠는가 말이야.”

“정말 딱한 사정이군. 자네가 배를 띄우기 전에 내게 얘기를 해주었더라면 충분히 도울 수 있었을 텐데……. 하지만 기운을 내게. 내 무슨 수를 써서라도 돈을 마련해 보지.”

“들으니 자네도 배를 떠나보내느라 가진 걸 다 쏟아부었다고 하던데…….”

“그렇긴 해. 여기저기 빚까지 얻었지. 그러나 친구를 위해서라면 고리대금업자에게서라도 돈을 빌려야지. 자, 이러고 있지 말고 당장 나가서 알아보세.”

안토니오는 움츠리고 앉아 있는 밧사니오를 재촉하며 일어섰습니다. 밧사니오가 여러 모로 생각해 본 결과 그 아가씨에게 청혼을 하려면 돈이 3천 더컷 정도는 있어야 했습니다. 이 베니스에서 그만한 돈을 당장 내놓을 수 있는 사람은 샤일록뿐입니다.

“안토니오, 아무리 급해도 샤일록에게서만은 돈을 꾸고 싶지 않아. 자네도 그가 얼마나 지독한 인간인 줄 알지 않나?”

“할 수 없잖아. 내 배가 다시 돌아오려면 한 달은 더 걸릴 텐데 어떻게 그때까지 기다리겠어? 그 아가씨가 그새 다른 남자에게 시집가 버릴 수도 있잖아. 자네는 너무 걱정하지 말게. 한 달 후에 내가 갚을 테니까."

안토니오는 망설이는 밧사니오를 이끌고 샤일록에게로 갔습니다. 샤일록은 뜻하지 않게 안토니오가 자신을 찾아오자 깜짝 놀랐습니다.

"아니, 이게 누구야? 두 사람이 나를 방문할 때가 다 있다니 의외인걸!"

"샤일록 씨! 실은 제가 돈이 급하게 필요합니다. 3천 더컷만 빌려주시면 한 달 후에 꼭 갚겠습니다."

밧사니오가 먼저, 찾아온 용건을 말했습니다. 이 말을 듣고 샤일록이 냉정하게 말했습니다.

"사람을 잘못 찾아왔군. 자네가 빈털터리인 건 온 베니스 사람이 다 아는 사실인데 내가 그런 사람한테 돈을 빌려줄 것 같은가? 더구나 3천 더컷이나 되는 큰돈을……."

그러자 안토니오가 앞으로 나섰습니다.

"샤일록 씨. 제가 보증을 서겠습니다. 적어도 석 달 후면 장사하러 갔던 내 배가 돌아옵니다. 제가 그때 꼭 갚겠습니다. 이자도 달라는 대로 드리지요."

"안토니오가 보증을 선다고?"

샤일록은 보이지 않게 웃음을 흘리며 속으로 생각했습니다.

'안토니오까지 이렇게 사정하는 걸 보니 굉장히 급한 모양이군. 그래, 이 기회를 잘 이용하면 안토니오에게 복수를 할 수 있을 거

야, 안토니오 녀석, 항상 날 헐뜯고 다녔겠다. 내 돈이 더럽다고 떠들어 대고 말이야. 어디 혼 좀 나 봐라.'

그는 슬슬 눈치를 보며 말했습니다.

"글쎄, 어디 바다를 믿을 수가 있어야지. 언제 폭풍이 불어 배를 삼킬지도 모르고, 어디서 해적들을 만나 실었던 상품을 다 털릴지도 모르니까."

"만약 그렇다 해도 네 척 중 적어도 한 척은 돌아오지 않겠소? 나를 믿고 빌려주시오."

샤일록은 돈을 빌리러 온 안토니오의 태도가 너무 당당해서 기분이 상했습니다. 그러나 겉으로는 그런 마음을 드러내지 않았습니다.

"하긴 안토니오 씨가 나를 찾아 준 것만도 영광이지요. 늘 나보고 짐승만도 못한 놈이라고 욕을 하며 손가락질하던 사람이 내게 돈을 꾸러 왔으니 말이오."

안토니오는 샤일록에게 머리를 숙이는 것 같아 자존심이 상했지만 어디까지나 친구를 위해 그의 빈정거림을 듣고도 참았습니다. 그러나 끝까지 비굴하게 사정하지는 않았습니다. 잠시 안토니오와 샤일록의 팽팽한 신경전이 계속되었습니다. 그러다 샤일록이 입가에 묘한 미소를 띠며 입을 열었습니다.

"좋습니다, 안토니오 씨. 기꺼이 빌려드리지요. 나도 알고 보면 친절하고 인정 많은 사람이라오."

샤일록이 생각보다 쉽게 응해 주자 안토니오와 밧사니오는 어리둥절해졌습니다. 그런 두 사람을 쳐다보며 샤일록은 말을 이었습니다.

　　"지금 당장 계약서를 꾸며도 좋소. 마음 같아서는 그런 절차 없이 그냥 주고 싶지만 계약은 계약이니까 형식은 갖춰야 하지 않겠소? 참, 이자는 받지 않겠소."

　　"뭐라고요? 이자를 받지 않겠다고요?"

　　두 사람이 동시에 소리를 질렀습니다. 안토니오는 '이 사람이 갑자기 머리가 이상해졌나? 아니면 죽을 때가 다 된 건가? 순순히 돈을 빌려주겠다는 것도 뜻밖인데, 거기다 이자를 받지 않겠다니!' 하고 생각했습니다.

　　"뭐 그렇게 놀라실 것 없습니다. 그저 기한 내에 돈을 갚겠다는 확실한 약속만 하면 됩니다. 아, 만약 석 달 후에 갚지 못하게 될 경우를 대비해서 한 가지만 더 약속을 하지요. 제 날짜에 돈을 갚지 못하면 보증인인 안토니오 씨의 살을 1파운드 베어 내기로요. 어떻습니까, 제 조건이?"

　　"흥, 그러면 그렇지. 천하의 샤일록이 돈을 그저 내줄 리가 있겠어? 내가 아무리 급해도 그런 끔찍한 조건으로는 절대 계약을 할 수 없어."

　　밧사니오가 흥분해서 외쳤습니다. 그러나 안토니오는 밧사니오를 진정시키며 말했습니다.

"괜찮아, 밧사니오. 한 달 후면 배가 돌아올 거야. 3천 더컷의 몇 배나 되는 돈을 가지고 말이야. 그런데 기한은 석 달이잖아. 충분히 갚을 수 있어."

"그래도 자네의 생명이 위험해. 나 때문에 그런 곤경을 당하게 할 수는 없어."

"염려 마. 절대 살이 베이는 일 따위는 일어나지 않을 테니까. 어서 돈을 마련해야 자네가 결혼하지. 친구가 행복해질 수 있다면 난 어떤 위험도 참아 낼 수 있어."

밧사니오는 안토니오의 우정에 목이 메었습니다.

잠시 후 안토니오는 샤일록에게 말했습니다.

"좋습니다, 샤일록 씨. 당신 조건대로 계약을 하겠습니다."

"내가 베푼 친절에 대해 오해는 없으시겠지요? 그럼 계약서를 쓰러 공증인 사무실로 갑시다."

샤일록은 앞장서며 혼자 소리 없이 웃었습니다.

'흐흐흐, 안토니오, 너는 이제 끝장이야. 어쩐지 배가 모두 바다에 가라앉거나 부서져 버릴 것 같은 예감이 들거든. 지금까지 내 예감은 틀린 적이 없어. 네녀석 목숨은 이제 내 손에 달렸어.'

위기에 빠진 안토니오

"휴우."

포셔는 긴 한숨을 내쉬며 의자에 기댔습니다. 그녀는 매일 수없이 밀려드는 청혼자들을 거절하느라 곤욕을 치렀습니다. 방금도 모나코의 영주를 간신히 설득하여 돌려보내는 길입니다.

"아가씨, 오늘도 마음에 드는 분이 없었나 보죠? 매우 지치신 것 같군요."

곁에 있던 시녀가 안됐다는 듯이 쳐다보았습니다.

"응, 매일 많은 사람을 만나 상대하려니까 정말 힘들어. 게다가 하나같이 마음에 들지 않고."

포셔는 힘없이 말했습니다. 이 아가씨가 바로 밧사니오를 사랑에 빠뜨린 장본인입니다.

포셔는 벨몬트라는 곳에 살고 있는데, 상당한 부자에다가 얼굴이 예쁘고 마음씨가 고와서 먼 지방에까지 소문이 나 있습니다. 그래서 매일 많은 사람들이 그녀에게 결혼 신청을 하려고 찾아왔습니다. 그렇지만 아직 그녀의 마음을 사로잡은 사람은 없었습니다.

밧사니오는 안토니오가 목숨을 걸고 마련해 준 돈을 가지고 벨몬트로 갈 준비를 했습니다. 그는 친구 그래시아노와 함께 값진 선물들을 마련했습니다. 그들이 포셔의 집에 도착하자 시녀가 나와 그들을 맞았습니다.

"어떻게 오셨나요?"

"안녕하십니까? 저희들은 베니스에서 이 댁 아가씨에게 청혼하러 온 사람들입니다. 말씀 좀 전해 주시지요."

그래시아노가 나서며 말했습니다. 시녀는 곧장 뒤돌아서서 안으로 들어갔습니다.

"아가씨! 베니스에서 청혼하러 왔다는데요."

"또? 이젠 만나 보는 것도 지긋지긋해."

포셔가 시큰둥하게 대꾸했습니다. 그러자 시녀는 신이 나서 말했습니다.

"이번에는 진짜 아가씨 짝을 만나게 될지도 모르겠어요. 제가 보기에 지금 밖에 와 있는 젊은이들은 아주 단정하고 멋있거든요. 큰 키에 짙은 눈썹, 부리부리한 눈, 부드러우면서도 힘이 넘치는 목소리……."

사실 그녀는 그래시아노를 보고 하는 소리였습니다.

"네가 그렇게 호들갑을 떠는 걸 보니 궁금해지는구나. 그럼, 가서 모시고 오렴."

잠시 후 밧사니오가 들어왔습니다. 그는 포셔에게 정중하게 인사를 하며 말했습니다.

"안녕하십니까? 포셔 아가씨! 전 당신을 만나기 위해 베니스에서 쉬지 않고 달려온 밧사니오입니다."

포셔는 밧사니오의 잘생긴 얼굴과 당당한 모습에 마음이 끌렸습니다. 그녀는 밧사니오에게 상냥하게 인사했습니다.

"만나서 반갑군요."

"전 오래 전부터 아가씨를 사랑해 왔습니다. 그동안 차마 용기가 나지 않아 애만 태우고 있다가 이렇게 찾아왔습니다. 전 아가씨나 다른 많은 구혼자들처럼 부자가 아닙니다. 가진 것이라곤 몸속에 흐르는 뜨거운 피뿐입니다. 그러나 세상 누구보다 포셔 아가씨를 사랑하며 소중하게 생각합니다. 당신의 행복을 위해서라면 목숨을 바칠 수도 있습니다. 부디 제 마음을 받아 주십시오."

밧사니오는 진심에서 우러나오는 목소리로 말했습니다.

포셔는 그가 지금까지의 구혼자들과는 달리 진지하며 성실한 사람 같다고 느꼈습니다.

"당신은 참 솔직하군요. 재산 같은 건 중요한 게 아니에요. 그 사람의 됨됨이나 마음씨가 훨씬 더 중요하죠. 당신은 제가 지금까지

만나 봤던 사람들과는 다른 것 같아요. 그러니 제게 생각할 시간을 좀 주세요. 기다리실 수 있겠죠?"

밧사니오는 포셔가 친절하게 대해 주는 것만으로도 행복했습니다. 그녀가 원한다면 백 년이든 이백 년이든 기다릴 수 있을 것 같았습니다.

"물론입니다. 전 베니스로 돌아가지 않고 계속 여기 머무르겠습니다. 아가씨의 마음이 결정되면 언제라도 연락을 주십시오."

밧사니오는 희망을 가지고 방을 나왔습니다. 밧사니오가 돌아가자 포셔는 상기된 얼굴로 중얼거렸습니다.

"왜 이렇게 가슴이 설레일까?"

그때부터 포셔의 머릿속에서는 밧사니오의 모습이 사라지지 않았습니다.

며칠 후, 그녀는 마음을 정하고 밧사니오를 불렀습니다.

"밧사니오 씨, 당신의 청혼을 받아들이겠어요. 설령 당신의 아내로서 부족함이 있더라도 잘 봐주세요."

밧사니오는 부러울 것 하나 없는 포셔가 자기와 같이 가난한 남자를 남편으로 받아들이겠다고 하자 너무나 기뻐 말이 안 나왔습니다.

"밧사니오 씨, 저는 앞으로 무슨 일에나 존중하는 마음으로 당신의 말을 따르겠어요. 제 마음과 몸, 제가 가지고 있는 재산 모두 당신 겁니다. 우선 이 반지를 약속의 표시로 드리겠어요. 만일 이 반

지를 잃어버리거나 남에게 주어 버리면 당신의 사랑이 식은 증거라고 생각하겠어요."

밧사니오는 꿈인지 생시인지 분간이 안 될 정도로 행복했습니다. 그는 반지를 받으며 말했습니다.

"포셔, 나는 너무나 황홀해 정신을 차릴 수가 없소. 하지만 날 믿으시오. 내 사랑은 죽어서도 변하지 않을 거요. 이 반지는, 죽어 무덤 속에 들어갈 때까지 절대로 손에서 빼지 않겠소."

두 사람은 흐뭇한 미소를 지으며 서로를 바라보았습니다.

그때 그래시아노와 시녀가 들어왔습니다. 그래시아노는 밧사니오의 얼굴을 보고 일이 잘됐다는 걸 알아차렸습니다.

밧사니오는 친구를 보자마자 흥분에 겨운 목소리로 나직이 외쳤습니다.

"어서 오게, 그래시아노. 난 드디어 포셔와 결혼하기로 했다네!"

"정말 축하하네. 자네 소원 성취했구먼. 사실은 나도 자네에게 축하받아야 할 일이 생겼어."

"그래? 어서 말해 봐. 무슨 일인데?"

"나도 결혼하려고 하네."

"그래? 그럼, 그새 신붓감이라도 생겼다는 건가?"

"응, 여기 소개하지."

그는 곁에 있던 시녀를 살며시 가리켰습니다.

"어머! 정말이니?"

포셔가 놀라서 소리쳤습니다.

"예, 아가씨. 아가씨께서 허락해 주신다면 아가씨 결혼식이 끝나는 대로 저도 결혼하고 싶어요."

시녀가 얼굴을 붉히며 말했습니다. 그녀와 그래시아노는 밧사니오가 처음으로 포셔의 집을 방문하던 날, 문 앞에서 처음 만났습니다. 그들은 서로 첫눈에 호감을 느끼고 그동안 몰래 만나 왔던 것입니다.

"물론 허락하고말고. 정말 축하해."

밧사니오와 포셔는 자기들의 결혼 약속 못지않게 두 사람이 결혼하게 된 것이 기뻤습니다. 그래서 진심으로 축하해 주었습니다.

며칠 뒤 밧사니오와 포셔는 성대한 결혼식을 올렸습니다. 그리고 곧 그래시아노도 역시 많은 사람들의 축복을 받으며 결혼했습니다.

네 사람은 너무나 행복했습니다. 하루하루가 꿈 같은 나날이었습니다. 그러는 가운데 밧사니오는 친구 안토니오를 차츰 잊어버렸습니다.

"무슨 일이지? 벌써 첫 배가 돌아왔어야 하는데 왜 아무 소식이 없을까?"

베니스의 부두에 서서 안토니오는 이렇게 중얼거렸습니다. 샤일록과 그 끔찍한 계약을 맺은 지 한 달이 지났습니다. 그러나 그의 배는 한 척도 돌아오지 않았습니다. 그러지 않으려고 해도 자꾸 나쁜 쪽으로만 상상이 되었습니다.

"중간에 폭풍을 만나 가라앉거나 해적들의 습격을 당한 건 아닐까?"

안토니오는 푸르게 넘실대는 바다를 쳐다보며 불길한 예감에 사로잡혔습니다. 이때 샤일록은 안토니오의 배가 아직 연락이 없다는 얘기를 듣고 환호성을 올렸습니다.

"안토니오 녀석, 꼴좋게 됐구나. 분명 약속한 기한 내에 돈을 갚기는 틀렸어. 두 달만 지나 봐라. 약속대로 살을 베어 낼 테니. 사람의 살이야 썩고 마는, 아무짝에도 쓸모없는 것이지만 그동안의 내 원한은 풀어 줄 거야. 흐흐흐."

샤일록은 그날을 대비해 미리 칼을 준비해 두었습니다.

드디어 약속한 석 달이 지났습니다. 안토니오에게 돌아온 것은 돈을 가득 실은 배가 아니라 파산 소식이었습니다. 네 척의 배가 모두 사나운 폭풍에 가라앉거나 실종되었다는 것입니다.

그는 이제 완전한 빈털터리일 뿐만 아니라 빚더미에 올라앉은 신세가 되었습니다. 사람들은 모두 그를 동정했습니다.

그러나 인정 없는 샤일록만은 예외였습니다. 그는 자기가 바라던 대로 일이 되자 몹시 신이 났습니다. 그리고 안토니오를 찾아가 계약을 이행할 것을 독촉했습니다.

"자, 안토니오 씨. 돈을 갚기로 약속한 날짜가 지났소. 어떻게 하실 테요? 돈을 주시겠소?"

안토니오는 괴로운 표정을 지으며 말했습니다.

"샤일록 씨, 제 사정은 다 아실 텐데요. 전 지금 가진 게 하나도 없습니다."

"그렇다면 약속한 대로 당신의 살 1파운드를 내놓으셔야겠군요."

"뭐, 뭐라고요? 정말 제 살을 원하시는 겁니까? 에이, 장난이시겠지요."

"아니, 장난이라니요? 이 계약서가 안 보이십니까? 난 어디까지나 처음의 계약대로 할 뿐입니다."

그제야 안토니오는 샤일록의 속셈을 알아차렸습니다. 그에게 사정해 봤자 소용없는 일임도 알았습니다.

"좋소. 당신에게 구차하게 내 생명을 구걸하고 싶지는 않소. 다만 내 친구 밧사니오나, 죽기 전에 한 번 만나 보고 싶으니 그것만은 허락해 주시오."

"마지막 소원이니 내 들어주지. 그럼, 오늘은 이만 돌아가겠소. 나중에 봅시다."

샤일록은 큰 선심이나 베푸는 척 거드름을 피우며 돌아갔습니다. 안토니오는 곧 밧사니오에게 편지를 띄웠습니다.

밧사니오

자네가 그곳에서 결혼하여 행복하게 지낸다는 소식 들었네.

내 일처럼 기쁘고 좋구먼.

그런데 한 가지 안 좋은 소식을 전하게 되어 가슴이 아프군.

내 배들이 폭풍을 만나 모두 바다에 가라앉아 버렸다네.

그래서 나는 빈털터리가 되어 죽을 날만을 기다리고 있어.

샤일록과 한 계약 때문이지.

죽기 전에 자네 얼굴이나 한 번 보고 싶어서 이렇게 편지를 띄우네.

그동안의 우정을 생각해서라도 꼭 찾아와 주길 바라네.

베니스의 벗 안토니오

밧사니오는 포셔와 함께 다정히 정원을 거닐고 있었습니다.

그때 한 하인이 달려와 편지를 전했습니다. 안토니오에게서 온 것입니다.

밧사니오는 그제야 잊었던 친구가 생각났습니다. 그는 너무나 무심했던 자신을 나무라며 편지를 뜯어 보았습니다.

내용을 다 읽고 난 밧사니오의 얼굴이 새하얗게 변했습니다. 포셔는 그런 남편을 쳐다보며 걱정스럽게 물었습니다.

"아니 여보, 왜 그래요? 무슨 나쁜 소식이에요?"

"아, 포셔! 세상에 이렇게 끔찍한 일이……."

밧사니오는 울먹이며 포셔에게, 안토니오가 자기 살을 저당 잡혀 샤일록에게서 돈을 빌려다 자신의 결혼 비용을 마련해 준 얘기부터 지금 그가 처한 상황까지 자세히 설명했습니다.

"그렇다면 어서 베니스로 가 보셔야겠군요. 빚진 돈의 몇십 배라도 갚을 만한 돈을 드릴 테니 가지고 가세요. 그렇게 우정이 깊고 친절한 분에게 무슨 일이라도 생긴다는 건 있을 수 없는 일입니다. 제가 당신과 결혼하게 된 것이 다 그분 덕이니 또한 제 은인이나 마찬가지지요. 자, 빨리 가서 그분을 구할 방법을 찾아보세요."

밧사니오는 포셔의 배웅을 받으며, 서둘러 베니스로 발걸음을 옮겼습니다.

베니스에서는 사람들이 안토니오를 살리기 위해 샤일록을 설득하느라 난리였습니다. 돈을 줄 테니 봐 달라고도 하고, 사람이 그럴 수 있느냐고 욕도 했습니다.

그러나 샤일록은 들은 척도 하지 않았습니다. 돈을 아무리 많이 준다고 해도 마다하고 한사코 안토니오의 살 1파운드만을 요구했습니다.

이 사건은 드디어 재판에 넘겨졌습니다. 밧사니오가 베니스에 도착했을 때에는 이미 안토니오가 재판날을 받아 놓고 기다리는 중이었습니다. 두 친구는 오랜만에 만났지만 반가운 인사를 나누지도 못한 채 초조하게 그날만을 기다렸습니다.

한편, 포셔는 남편 친구의 일이 걱정돼서 안절부절못했습니다.

그녀는 안토니오를 살려 낼 방법이 없을까 이리저리 궁리해 보았습니다. 그때 사촌 오빠에게서 급히 와 달라는 연락이 왔습니다. 그는 유명한 법학 박사인데 지금 몹시 아파 자리에 누웠다는 것입니다.

포셔는 잠시 걱정을 접어 두고 사촌 오빠를 찾아갔습니다.

"오빠, 몸은 좀 어떠세요? 안색이 매우 나쁘네요."

포셔는 그의 핼쑥해진 얼굴을 쳐다보며 말했습니다.

"이렇게 와 줘서 고맙구나. 그동안 너무 무리해서 병이 난 모양이야. 잠시 쉬면 괜찮아질 거야. 너무 염려 마라. 그런데 밧사니오는 같이 안 왔니?"

사촌 오빠는 부스스한 모습으로 일어나며 말했습니다.

"그이는 급한 일이 생겨서 베니스에 갔어요."

"베니스에? 실은 나도 베니스에 갈 일이 있는데 이렇게 아프니 큰일이구나."

"어머, 무슨 일로요?"

"베니스에서 어떤 사건의 재판을 봐 달라고 요청해 왔거든."

포셔는 베니스란 말을 듣자 귀가 솔깃해졌습니다. 그래서 좀더 자세히 설명해 달라고 부탁했습니다.

포셔는 눈동자를 반짝이며 오빠의 설명을 주의 깊게 들었습니다. 그리고 나서 서둘러 집으로 돌아갔습니다.

명판결

　드디어 재판이 열리는 날입니다. 베니스 사람들은 아침부터 오늘 있을 재판에 대해 큰 관심을 보였습니다. 모두들 안토니오가 재판에서 승리하기를 바랐습니다.

　시간이 되자 샤일록은 회심의 미소를 지으며 법정으로 들어섰습니다. 안토니오는 이미 죽음을 각오했기 때문에 조금도 움츠러드는 기색 없이 침착한 모습이었습니다.

　판사가 먼저 샤일록에게 물었습니다.

　"샤일록 씨, 다시 한 번 묻겠소. 꼭 안토니오의 살을 베어 내야겠소? 저 사람의 친구인 밧사니오가, 빌린 돈을 몇십 배로 갚겠다는데도 거절할 테요?"

　"저는 계약서에 있는 대로 할 뿐입니다. 더는 할 말이 없습니다."

"저런 잔인한 놈!"

"정말 피도 눈물도 없는 놈이군."

법정 여기저기에서 샤일록을 향한 욕설이 쏟아졌습니다.

"판사님, 저를 더 이상 비참하게 만들지 마시고 어서 죽여 주십시오."

안토니오는 다 포기한 듯 말했습니다.

"좋소. 법대로 하자면 샤일록의 주장은 틀린 데가 없소. 그러나 이번 사건은 매우 특별한 경우가 돼 놔서 내 마음대로 결정하기가 어렵군요. 그래서 내가 미리 저명한 법학 박사 한 분을 모셔 왔소. 그분의 의견을 듣고 그대로 따르기로 합시다. 자, 박사님, 안으로 들어오시지요."

판사가 이렇게 말하자 법복을 단정히 입은 한 젊은이가 법정으로 들어왔습니다. 그 사람은 판사 앞에 서서 공손히 인사를 한 다음 말을 했습니다.

"안녕하십니까? 저는 밸더자라고 합니다. 박사님께서 몸이 편찮아 제가 대신 왔습니다. 양해해 주시기 바랍니다."

판사는 얼굴이 앳되 보이며 예쁘장하게 생긴 젊은 박사를 보고 정중히 말했습니다.

"물론입니다. 박사님께서 보내신 분이라면 믿을 수 있겠지요. 그런데 이번 사건에 대해서는 알고 계십니까?"

"박사님께 충분히 듣고 왔습니다. 그럼, 당사자들과 직접 얘기를 해 보겠습니다."

젊은 박사는 안토니오와 샤일록을 번갈아 쳐다본 다음에 말했습니다.

"샤일록 씨, 당신이 일으킨 이번 사건은 좀 괴이하긴 하지만 법적으로는 조금도 잘못된 점이 없소. 따라서 당신이 계약서대로 안토니오 씨의 살을 베어 낸다 해도 아무도 탓할 수 없는 거요."

샤일록은 이 박사가 나이는 어려도 제법이라고 생각하며 미소를 지었습니다.

"그러나 다시 한 번 생각해 보는 것이 어떻겠소? 저 불쌍한 젊은 이에게 자비를 베푸는 거요. 자비란 베푸는 자와 받는 자 모두 축복을 받는 일이며 사람으로서 마땅히 가져야 할 도리니까요."

샤일록은 금세 얼굴에서 웃음기를 거두어들이며 차갑게 말했습니다.

"이 나라에는 법이란 게 있지 않습니까? 법을 따르는 것이 국민된 도리겠지요."

"물론이오. 하지만 이 경우에는 법대로 하는 정의를 따르면 한 생명이 사라지고, 자비를 택하면 한 목숨을 구하게 됩니다. 그래서 잘 생각하라는 거요."

"전 끝까지 정의를 따르겠습니다."

샤일록은 고집을 굽히지 않았습니다.

"존경하는 박사님! 제발 안토니오를 구해 주십시오. 세상에 선

량한 사람은 죽이고 악마 같은 인간은 살려 두는 그런 법도 있답니까?"

방청석에 있던 밧사니오가 갑자기 뛰어들며 애원했습니다.

그러나 박사는 냉정하게 밧사니오의 요청을 물리쳤습니다.

"다른 사람은 조용히 하십시오. 샤일록이 정의를 택한 이상 법대로 할 수밖에 없습니다. 자, 샤일록, 그대의 원대로 안토니오의 살 1파운드를 베어 내시오."

"오, 박사님! 정말 현명하시고 경우가 바르시군요. 감사합니다."

샤일록은 기쁨에 젖어 이렇게 소리 지르고는 미리 준비해 두었던 칼을 꺼내 들고 안토니오 앞으로 갔습니다.

젊은 박사는 안토니오를 보고 말했습니다.

"자, 안토니오 씨, 마지막으로 할 말은 없습니까?"

"없습니다. 각오는 충분히 돼 있습니다. 이보게, 밧사니오. 부디 자네는 어여쁜 아내와 함께 내 몫까지 오래오래 행복하게 살아야 하네."

"안토니오! 내겐 아내도 중요하지만 자네 생명처럼 소중하진 않아. 자네만 살릴 수 있다면 내가 대신 죽어도 좋아, 안토니오!"

밧사니오는 안토니오를 붙잡고 눈물을 펑펑 쏟으며 울부짖었습니다.

샤일록은 아랑곳없이 안토니오를 향해 번뜩이는 칼을 들어올렸습니다. 그때 "잠깐만, 샤일록!" 하고 젊은 박사가 계약서를 들어

보이며 외쳤습니다.

"왜 그러십니까?"

"샤일록 씨, 한 가지 명심해야 할 일이 있소. 이 계약서대로 안토니오의 살을 베어 내되 피는 단 한 방울도 흘려서는 안 되오, 여기 씌어 있는 것은 오직 살 1파운드이지 피는 조금도 포함되어 있지 않으니까. 만약 안토니오의 피가 한 방울이라도 흐르면 그대도 살아남지 못할 것이오."

박사의 판결은 얼음처럼 차고 명쾌했습니다.

법정에서 조마조마하게 이 광경을 지켜보던 사람들은 모두 일어나 만세를 불렀습니다.

밧사니오는 너무 기뻐 친구 안토니오를 부둥켜안고 또다시 눈물을 흘렸습니다. 물론 이번 눈물은 아까와는 전혀 다른 의미의 눈물입니다.

"정말 훌륭하신 판결입니다. 뭐라고 감사의 말씀을 드려야 할지 모르겠습니다."

샤일록은 스스로 파 놓은 함정에 자신이 빠진 꼴이 되었습니다. 그는 칼을 힘없이 떨어뜨리고 원망스런 눈길로 박사를 쳐다보았습니다.

"그게 법대로란 말씀입니까?"

"그렇소. 그대가 원하는 대로 엄격하고 정의로운 판결을 내린 것이오."

"박사님, 그, 그렇다면 아까의 제안을 받아들이겠습니다. 밧사니오가 갚겠다던 돈을 주십시오."

샤일록은 금세 태도를 바꾸어 비굴하게 사정했습니다. 하지만 밧사니오가 아무 대답이 없자 박사에게 매달렸습니다.

"제발 돈을 받게 해 주십시오. 이자는 받지 않겠습니다, 박사님. 원금만이라도 좋습니다."

"여기 있다, 샤일록! 네게 빌린 3천 더컷이다. 더럽고 치사한 놈!"

밧사니오가 돈을 샤일록에게 던지려고 했습니다. 그순간 젊은 박사가 그를 말렸습니다.

"그럴 필요 없소. 샤일록은 이미 정의를 선택했소. 법대로 안토니오의 살을 베시오. 그렇지 않으면 당신은 사형이오."

"박사님!"

"법대로!"

박사의 결정은 한결같았습니다. 샤일록은 그 자리에 주저앉아 울부짖었습니다.

인정 많은 안토니오는 샤일록이 불쌍해졌습니다. 비록 자신을 죽이려고 했던 사람이지만 사형을 당하도록 내버려둘 수 없었습니다. 그는 판사를 향해 말했습니다.

"판사님, 그리고 현명하신 박사님. 자비를 베풀어 샤일록의 목숨만은 살려 주십시오."

주위에 있던 사람들이 역시 안토니오답다고 감탄하며 고개를 끄덕였습니다. 박사도 흐뭇한 미소를 환하게 머금고 말했습니다.

"좋소. 죽이지는 않겠소. 대신 샤일록의 재산 중 반은 국가에서 몰수해 관리하며 나머지는 안토니오 씨가 알아서 하시오. 안토니오 씨는 돈을 훌륭하게 쓸 줄 아는 사람 같소."

그러자 샤일록은 아프다는 핑계를 대고 허둥지둥 법정을 빠져 나갔습니다. 밧사니오와 안토니오는 기쁨에 넘쳐 박사에게 인사를 했습니다.

"정말 감사합니다. 이렇게 멋진 판결은 본 적이 없답니다. 박사님 덕분에 목숨을 구하게 되었으니 뭔가 사례를 하고 싶은데요."

"아닙니다. 저는 제가 할 일을 했을 뿐입니다."

박사는 정중히 사양했습니다. 그러나 두 사람은 뭔가 선물을 해야만 마음이 편할 것 같았습니다.

"샤일록에게 돈을 갚지 않아도 되니 그 돈을 드릴까요? 그게 싫으시면 꼭 필요한 걸 말씀해 주시지요."

"정 그러시다면……."

박사의 얼굴에 순간적으로 짓궂은 표정이 스쳐 지나갔습니다. 그러고는 밧사니오를 보고 말했습니다.

"우정의 표시로 당신의 반지를 주시겠습니까?"

밧사니오는 깜짝 놀랐습니다. 이 반지는 포셔가 사랑을 약속하며 준 것입니다. 자신도 이 반지를 받으며, 죽을 때까지 손에서 빼지 않겠다고 맹세했습니다.

그는 곤란하다는 듯 머뭇거리며 말했습니다.

"이건 좀 특별난 것이라서……. 아내가 준 것이거든요. 다른 것은 안 될까요? 훨씬 비싼 걸로 사 드릴 수도 있고요."

"전 그 반지 외에는 받고 싶은 게 없습니다. 싫으시다면 할 수 없군요."

박사는 약간 토라진 얼굴로 돌아서려 했습니다.

곁에 있던 안토니오가 말했습니다.

"아니 뭘 망설이나? 내 생명을 구해 주신 은인 아닌가? 자네 아내도 이해해 줄 거야."

그러자 밧사니오는 박사가 자기를 은혜도 모르는 나쁜 사람이라고 여길지도 모른다고 생각했습니다.

"아, 아닙니다. 드, 드리지요. 제 친구의 목숨을 살려 주셨는데 뭘 못 드리겠습니까?"

밧사니오는 박사를 붙잡으며 손에서 반지를 빼어 주었습니다. 박사는 아주 기쁜 웃음을 지으며 반지를 받았습니다. 그리고 그들은 안토니오 집에 모여 흥겨운 잔치를 벌였습니다.

며칠 후, 밧사니오는 안토니오를 데리고 벨몬트로 돌아왔습니다. 포셔가 반갑게 뛰어나와 그들을 맞았습니다.

"여보, 일이 잘 끝나서 정말 다행이에요."

"그러게. 참, 포셔, 인사해요. 내 둘도 없는 친구 안토니오라오."

"안녕하세요? 고생 많으셨지요? 저희 집에 잘 오셨어요."

세 사람은 거실에 둘러앉아 정답게 얘기를 나누었습니다.

밧사니오는 신이 나서 법정에서 있었던 일들을 아내에게 들려 주었습니다. 포셔는 얼굴 가득 미소를 머금고 남편의 얘기에 귀를 기울였습니다.

"어머, 세상에 그렇게 지혜로운 분이 다 있을까? 여보, 그 젊은 박사분 인상은 어땠어요? 혹시 제가 본 적이 있을지도 모르겠네요. 제 사촌 오빠에게 갔을 때 말이에요."

"그럴 수도 있겠군. 그 박사 생긴 건 참 어리고 곱상했소. 처음 봤을 때는 어디서 많이 본 듯한 느낌을 받았지. 그러고 보니 포셔 당신을 닮은 것 같기도 했소. 당신이 남자 옷을 입고 수염을 달면 꼭 그 박사 같겠군그래."

"그래요? 참, 재판이 끝나고 당신과 안토니오 씨가 선물을 드린다고 했을 때 거절했다더니 어떻게 됐어요? 정말 끝까지 물리치던가요?"

포셔가 갑자기 눈빛을 더욱 빛내며 물었습니다.

이제까지 유쾌하게 큰 소리로 떠들던 밧사니오는 금세 얼굴이 굳어졌습니다. 다시 살아난 친구를 생각해 박사에게 반지를 주어 버렸지만, 어쩐지 아내에게는 사실대로 말하기가 어려웠습니다.

"으, 응. 결국 선물을 주긴 주었는데 말이오."

밧사니오는 한동안 우물쭈물 망설였습니다. 그러다 안토니오의 얼굴을 슬쩍 돌아보고 나서 결심한 듯 입을 열었습니다.

"글쎄, 그 박사는 끝까지 선물을 받지 않겠다고 거절했소. 그러다가 내 손의 반지를 보고는 이거라면 받을 수 있다고 하지 뭐요. 난 이 반지는 아내가 사랑을 약속하며 준 것이라서 절대 잃어버리거나 남에게 주지 않겠다고 단단히 약속을 하였기 때문에 줄 수 없다고 했지. 그랬더니 박사는 몹시 서운한 표정을 지으며 가 버리려고 하는 거요. 난 친구의 생명을 구해 준 은인을 도저히 그대로 보낼 수가 없었소. 그래서 반지를 주어 버렸지. 미안하오, 여보."

말을 마치고 나서 그는 아내의 표정을 살폈습니다. 포셔는 얼굴을 찡그리며 말했습니다.

"그렇다고 반지를 주어 버려요? 죽을 때까지 무슨 일이 있어도 빼지 않겠다고 약속해 놓고서 그새 깨뜨려 버리다니!"

"여보, 정말 어쩔 수 없었소. 이렇게 두 손 모아 사과하니 그만 화 풀어요."

밧사니오는 진심 어린 목소리로 아내에게 용서를 빌었습니다.

"화가 풀린 건 아니지만 안토니오 씨를 봐서 참겠어요. 대신 제가 반지를 하나 더 드리지요. 이 반지는 저번 것보다 더 소중히 간직하셔야 해요. 약속하실 수 있죠?"

"물론 약속하오. 정말 고마워요, 여보."

"그럼, 눈을 감고 손을 내미세요."

밧사니오는 아내가 시키는 대로 했습니다. 포셔가 그의 손바닥

위에 반지를 올려놓았습니다.

"이제 눈을 떠 보세요."

눈을 떠 손바닥에 놓인 반지를 본 밧사니오는 놀랐습니다.

"아니, 이건……."

포셔는 눈이 휘둥그레진 남편을 보고는 참았던 웃음을 터뜨렸습니다.

"그, 그럼 그 젊은 박사가 바로……!"

"호호호, 아무리 남장을 했다고 하지만 어쩌면 그렇게 자기 아내를 못 알아봐요?"

밧사니오와 곁에 있던 안토니오는 모두 벌린 입을 다물지 못했습니다.

밧사니오는 친구의 목숨을 구해 낸 것이 자기 아내의 용기와 지혜 덕분이었다는 것을 깨닫자 너무나 기쁘고 행복했습니다.

"하하하, 세상에 나처럼 똑똑하고 아름다운 아내를 가진 남편이 또 있을까?"

이때 베니스에서 또 하나의 놀랍고 기쁜 소식이 왔습니다. 폭풍으로 바닷속에 가라앉은 줄 알았던 안토니오의 배들 가운데 세 척이 무사히 베니스 항구에 도착했다는 것입니다.

"정말 잘됐군. 축하해, 안토니오!"

이제는 모든 걱정 근심이 사라진 셈입니다. 세 사람은 얼싸안고 한바탕 크게 웃었습니다.

뜻대로 하세요

세상으로부터 버림받은 두 남녀가 숲속에서
기발한 사랑 연극을 벌입니다. 남자와 여자, 웃음과 눈물,
거짓과 사랑이 뒤죽박죽인 연극, 가장 불행한
사람들의 진정 아름다운 이야기!

쫓겨나는 사람들

"언니, 그렇게 방에만 처박혀 있지 말고 기운을 내요. 오늘은 날씨가 참 상쾌해요. 우리 함께 나가 바람 좀 쏘일래요?"

실리어는 로잘린드를 부추기며 애원했습니다. 그러나 로잘린드는 '휴우' 하고 한숨을 내쉴 뿐입니다. 실리어는 로잘린드가 딱해 보여 어떻게든 그녀를 위로하고 싶었습니다.

"실리어, 고마워. 네 마음은 알아. 하지만 아버지를 생각하면 나혼자 이렇게 편히 지내는 게 죄스러워 못 견디겠어."

"큰아버님은 잘 지내고 계실 거야. 그러니 제발 활짝 웃어 봐. 자꾸 찡그리면 장미처럼 고운 얼굴이 망가지잖아."

로잘린드는 실리어의 따뜻한 마음이 고마워 동생을 위해서라도 기운을 내야겠다고 결심하고 살짝 웃어 보였습니다.

"거봐, 웃으니까 얼마나 좋아!"

로잘린드와 실리어는 사촌 사이입니다. 로잘린드의 아버지는 이 나라의 훌륭하고 인자한 왕이었습니다. 그러나 지금은 추방당하여 아든의 숲속에서 살고 있습니다. 이 왕을 내쫓고 강제로 왕위를 빼앗은 사람은 바로 왕의 동생 프레드릭입니다. 그는 형을 쫓아냈지만 조카인 로잘린드만은 그대로 궁전에서 살게 했습니다. 자신의 딸인 실리어가 로잘린드를 무척 따랐기 때문입니다.

실리어는 아버지와 달리 마음이 착했습니다. 그래서 지금처럼 로잘린드가 우울해 있을 때마다 위로하고 달래려고 애썼습니다.

동생에게 쫓겨난 왕은 몇몇 신하들을 데리고 아든 숲속으로 들어갔습니다. 왕은 이제까지의 격식에서 벗어나 자유롭게 생활했습니다. 원래 성품이 인자하고 너그러웠기 때문에 왕을 따르는 신하들이 많았습니다. 그들은 왕이 쫓겨난 후에도 계속 그를 섬겼습니다. 자신들의 지위와 재산을 모두 버리고 숲속까지 왕을 찾아오는 신하도 있었습니다.

왕은 생각만큼 외롭지 않았습니다. 아름드리 나무의 그늘 아래 누워 사슴들이 장난치는 것을 바라보거나, 시냇물 소리를 들으며 인생의 진리를 깨닫기도 했습니다. 때로는 자신의 불행한 운명을 되새겨 보며 그 속에서 숨은 교훈을 찾아내기도 했습니다. 이렇게 왕은 숲속 생활이 서서히 몸에 익숙해져 갔습니다.

맑고 따뜻한 날입니다. 실리어는 오늘도 시름에 잠겨 있는 로잘린드를 위로하느라 애를 쓰고 있습니다.

"언니, 이렇게 날씨가 좋은 날 얼굴이 그게 뭐야? 잔뜩 먹구름이 끼었잖아. 저 태양이 무색하게 말이야. 이러고 있지 말고 우리 씨름 구경이나 갈까? 신나는 경기를 보고 나면 기분이 좀 풀릴 테니까."

"씨름?"

"응, 오늘 아버님께서 궁전에서 씨름 시합을 여신대. 내게 보고 싶으면 와도 좋다고 하셨어. 언니, 같이 가자, 응?"

로잘린드는 자신을 즐겁게 해 주기 위해 애태우는 실리어를 생각해서 씨름 구경을 가기로 했습니다.

두 사람이 씨름장에 도착하자 곧 시합이 시작되려는지 모래판에 두 선수가 나와 있었습니다. 그런데 이 두 선수는 너무나 대조적인 모습이었습니다. 한 사람은 몸집이 크고 얼굴도 험상궂은 게 힘이 아주 세어 보였습니다. 다른 한 사람은 얼굴이 예쁘장한 젊은이로 상대에 비해 체구도 작고 매우 약해 보였습니다.

로잘린드와 실리어가 프레드릭 왕 옆에 앉자 왕이 혀를 끌끌 차며 말했습니다.

"이 시합은 재미가 없겠어. 저렇게 덩치 차이가 나니 해 보나마나지 뭐. 그나저나 저 청년이 위험하겠는걸. 상대방은 씨름판에서 싸워 온 경력이 상당한데다 시합 도중에 사람을 죽인 적도 있거든. 아예 시합을 포기하라고 말렸으면 싶은데……."

이 말을 듣자 로잘린드와 실리어는 가슴이 섬뜩했습니다. 처음 보는 젊은이였지만 불쌍하다는 생각이 들었습니다. 그래서 젊은 청년을 설득해 보기로 마음먹고 그를 불렀습니다.

먼저 로잘린드가 말했습니다.

"이보세요, 이 시합을 그만두는 게 어때요? 듣자 하니 상대방 선수는 어마어마하게 힘이 세고 잔인하다는데, 잘못하면 목숨을 잃을지도 몰라요."

젊은이는 아름다운 아가씨가 자신을 위해 이렇게 간곡하게 부탁을 하자 몹시 감동했습니다. 이어 실리어도 걱정스레 말했습니다.

"결말이 뻔히 보이는데 경기를 한다는 것은 너무 무모해요."

그러나 젊은이는 씩씩한 목소리로 대답했습니다.

"아가씨들께서 염려해 주시는 것은 고맙지만 시합을 처음부터 포기할 수는 없습니다. 시합에서 지거나 잘못해서 죽더라도 울어 줄 사람 하나 없으니 뭘 주저하겠습니까? 전 그저 이 세상에 하나의 조그만 점에 불과한 보잘것없는 존재입니다. 이미 죽기를 각오한 몸이니 더 이상 말리지 마시고 힘껏 응원이나 해 주십시오."

이렇게 해서 씨름이 시작되었습니다.

로잘린드는 외톨이인 그의 불쌍한 신세가 자기와 비슷한 것 같아 자꾸 신경이 쓰였습니다. 젊은이가 다치는 모습을 차마 볼 수가 없어서 눈을 꼬옥 감았습니다.

"으라차차!"

"쿵!"

"와와!"

한 판으로 시합이 끝난 모양입니다. 로잘린드는 가만히 눈을 뜨고 경기장을 바라보았습니다.

"어머!"

모래판에서는 그 젊은이가 두 팔을 들고 환호하는 군중에게 인사를 하고 있는 게 아니겠습니까? 한쪽 구석에는 덩치 큰 선수가 쓰러져 있고요. 청년은 로잘린드와 실리어의 상냥한 마음씨에 힘을 얻어 예상을 뒤엎고 상대를 완전히 눌러 이긴 것입니다.

프레드릭 왕은 직접 젊은이를 불러 그의 용기와 씨름 솜씨를 칭찬했습니다.

"정말 훌륭한 경기였어. 자네만 좋다면 당장 내 밑의 장수로 삼고 싶군. 그래, 젊은이 이름은 뭔가?"

"올랜도입니다. 롤런드 경의 막내아들이지요."

그러자 금세 왕의 표정이 굳어졌습니다.

"그래? 그렇다면 좀 섭섭하군. 아버지가 다른 분이면 좋았을 텐데……."

롤런드 경은 추방된 왕의 충직한 신하이자 친구였습니다.

프레드릭 왕은 청년의 신분을 알자 기분이 상해서는 시무룩한 얼굴로 돌아 나가 버렸습니다.

올랜도는 영문을 모르는 채 멍하니 왕의 뒷모습만 바라보았습니다. 승리자에게 당연히 돌아와야 할 어떤 축하나 인사도 받지 못했기 때문입니다.

그러나 로잘린드는 올랜도가 아버지 친구의 아들임을 알자 무척 반가웠습니다. 그래서 얼른 다가가 다정하게 말을 걸었습니다.

"당신이 롤런드 경의 아들인 줄은 몰랐어요. 아버지께서는 롤런드 경을 좋아하셨죠. 이렇게 만나게 되어 기뻐요."

그러고 나서 부드럽고 상냥한 말로 조금 전 왕의 태도를 사과하고 그를 위로해 주었습니다. 올랜도와 헤어지면서 로잘린드는 자기의 목걸이를 풀어서 그에게 주었습니다.

"선물이에요. 값비싼 것은 아니지만 제 성의이니 받아 주세요. 그럼 안녕히!"

올랜도는 사라지는 로잘린드의 뒷모습을 바라보며 목걸이를 두 손에 꼭 쥐었습니다.

그 후로 로잘린드는 생각에 잠기거나 한숨을 쉬는 일이 더 많아졌습니다. 올랜도의 늠름한 모습이 머릿속에서 떠나지 않는 까닭입니다. 그녀는 실리어와 얘기할 때도 올랜도 얘기뿐이었습니다. 실리어는 로잘린드가 올랜도를 사랑하고 있음을 눈치챘습니다.

그러던 어느 날, 프레드릭 왕은 로잘린드에게 당장 궁을 떠나라고 명령했습니다. 그는 추방당한 왕이 아든의 숲속에서 당당히 살고 있는 게 늘 신경 쓰였습니다. 귀족들도 전 왕을 따라 숲으로 들어가거나, 남아 있다 해도 자기에게 협조를 하지 않고 있었습니다.

게다가 최근에는 백성들 사이에서 로잘린드의 인품과 아름다움을 찬양하고, 전 왕을 기억해서 그녀를 동정하는 소리까지 높아졌습니다. 프레드릭은 화가 나 견딜 수가 없었습니다. 그래서 결국 로잘린드를 내쫓기로 한 것입니다.

실리어는 아버지에게 매달려 울며 사정했습니다.

"아버지, 갑자기 왜 이러세요? 언니에게 무슨 죄가 있다고 쫓아내신다는 거예요?"

"저 애는 역적의 딸이야. 나중에 어떤 큰 일을 벌일지도 몰라. 또 예쁘고 얌전한 겉모습에 속아 세상 사람들이 모두 저 애를 칭찬하고 있어. 저 애가 없어져야 네가 빛을 보게 될 거야."

"그런 억지가 어디 있어요? 전 언니가 없으면 하루도 못 살아요. 만약 언니를 내쫓으시면 저도 따라서 나가겠어요."

"네가 아무리 졸라도 소용없다. 당장 내보내라!"

로잘린드는 입술을 깨물며 아무 말 없이 떠날 준비를 했습니다.

"실리어, 그동안 정말 고마웠어. 그리고 너무 슬퍼하지 마. 난 아버지를 찾아갈 거야. 걱정 말고 잘 지내."

로잘린드는 눈물을 감추며 돌아섰습니다.

"잠깐만, 언니! 나도 함께 가겠어."

실리어가 로잘린드의 팔을 붙들며 말했습니다.

"뭐? 그건 안 돼. 넌 여기서 행복하게 살아야 해."

"언니가 없으면 난 조금도 행복하지 않을 거야. 응? 언니, 제발 나도 같이 데려가 줘. 안 그러면 난 앞으로 밥도 먹지 않고 울기만 할 거야."

"네 고집은 알아줘야 한다니까. 좋아, 같이 가자!"

로잘린드와 실리어는 밤에 아무도 몰래 궁전을 빠져나왔습니다. 그들은 아든 숲으로 목적지를 정했습니다.

"그런데 실리어, 우리가 이런 화려한 차림으로 가다가는 얼마 못 가 사람들 눈에 띄고 말 거야. 그러니 변장을 하자."

로잘린드의 말을 실리어는 귀기울여 들었습니다.

"어떻게?"

"이 옷은 벗어 버리고 평범한 시골 사람 차림을 하는 거야. 음, 그래도 안심할 수 없으니까 나는 남자로 변장하는 게 좋겠어. 내가 너보다 키가 크니까."

"좋아, 언니. 그렇게 해. 참, 아예 이름도 바꾸는 게 어때? 나는 가난한 시골 처녀답게 알리나라고 하겠어. 언니는 남자 이름을 지어야 하는데…….."

"아, 게니미드가 어때?"

"멋진 이름이야. 이제부터 언니는 게니미드 오빠야."

두 사람은 쫓겨났다는 슬픈 사실을 모두 잊어버렸습니다. 마치 미지의 세계로 여행을 떠나는 나그네 같았습니다. 그들은 즐겁게 아든의 숲으로 향했습니다.

한편 올랜도는 씨름장에서 쓸쓸히 돌아오던 길에 아담 노인을 만났습니다. 아담 노인은 올랜도 집안의 충직한 하인입니다.

그는 올랜도가 집으로 돌아오는 길목을 지키고 서 있다가 올랜도를 보자마자 다급한 목소리로 말했습니다.

"도련님, 어서 피하세요. 올리버 도련님께서 지금 도련님을 죽이려고 벼르고 계세요."

"아니, 갑자기 그게 무슨 소리예요? 차근차근 자초지종을 말해 봐요."

올랜도는 흥분한 노인을 진정시키며 말했습니다.

노인은 올리버가 오늘 밤, 잠자는 틈을 타 올랜도의 방에 불을 질러 태워 죽일 작정을 하고 있다고 얘기했습니다.

"뭐라고요? 형이 그런 끔찍한 일을 계획하다니!"

올랜도는 주저앉아 울고 싶은 심정이었습니다.

"이러고 있을 게 아니라 당장 도망쳐야 한다니까요. 이건 얼마 되지 않지만 평생 동안 제가 푼푼이 모은 돈입니다. 이것을 가지고 어디로든 가세요."

아담 노인이 돈을 내밀었습니다.

올랜도는 목이 메어 아무 말도 할 수 없었습니다. 잠시 후 그는 노인이 내민 돈을 받아 넣으며 말했습니다.

"아담, 자, 함께 갑시다."

이렇게 해서 두 사람은 살 길을 찾아 정처 없이 길을 떠나게 되었습니다.

롤런드 경은 죽을 때, 당시 어린아이였던 올랜도를 형인 올리버에게 부탁했습니다. 그러나 올리버는 아버지의 유언을 지키지 않았습니다. 재산을 자기 혼자 차지해 버리고는 동생을 미워하여 매일같이 구박했습니다. 올랜도가 씨름 시합에서 죽어도 자기를 위해 울어 줄 사람도 없으니 괜찮다고 했던 것은 바로 형의 학대 때문에 나온 말입니다.

올리버는 씨름 시합에서 예상 밖으로 올랜도가 이겼다는 소식을 듣고 분통을 터뜨렸습니다. 동생을 없앨 절호의 기회를 놓쳤다고 생각한 것입니다.

'올랜도를 감쪽같이 해치울 방법이 없을까?'

올리버는 한참을 고민하다 그의 충복을 불러 의논했습니다.

"주인님, 너무 걱정 마십시오. 제게 좋은 방법이 있어요."

그 하인은 음흉한 미소를 지으며 말했습니다.

"올랜도 도련님이 잠드시면 그 방에 불을 지르는 겁니다."

"그래, 좋은 생각이야!"

올리버가 이 끔찍한 계획을 세우는 것을, 우연히 지나던 아담이 들었습니다. 그래서 곧장 밖으로 나와 올랜도가 돌아오기만을 기다리고 있었던 것입니다.

올랜도와 아담은 발길 닿는 대로 흘러 다녔습니다. 그러다가 아든의 숲으로 들어서게 되었습니다.

그들은 오랫동안 제대로 먹지 못하고 이리저리 돌아다녔기 때문

에 지칠 대로 지쳐 있었습니다. 아담은 몇 걸음 걷지 못하고 쓰러졌습니다.

올랜도는 아담을 위해 이를 악물고 먹을 것을 찾아 헤매었습니다. 얼마쯤 갔을까, 큰 나무 그늘 아래에서 한 무리의 사람들이 앉아 식사를 하고 있는 모습이 보였습니다. 그는 몹시 배가 고팠기 때문에 무작정 그곳으로 달려들었습니다.

"꼼짝 마! 어서 그 음식 이리 내놔!"

모두들 깜짝 놀라 그를 쳐다보았습니다. 그러나 한 사람만은 꼼짝도 않고 태연하게 말했습니다.

"누군데 이렇게 무례하게 덤벼드는 거요? 도둑이요, 아니면 음식을 구걸하는 거지요?"

전 왕이었습니다. 왕이 점잖게 꾸짖자 올랜도는 얼굴을 붉히며 어쩔 줄 몰라 했습니다.

"죄송합니다. 너무 배가 고파 큰 실수를 했습니다."

왕은 올랜도의 모습을 보고 그가 도둑이나 불한당은 아님을 알아보았습니다. 그래서 같이 먹자고 친절하게 권했습니다.

올랜도는 아담을 업고 와 그 자리에 함께 어울렸습니다. 음식을 먹으며 그가 왕에게 물었습니다.

"도대체 당신은 누구신데 이런 곳에 숨어 사십니까? 보아 하니 지체 높은 귀하신 분 같은데…….."

왕은 인자하게 웃으며 대답했습니다.

"맞아. 우리 모두 좋은 때가 있었지. 주일에는 종소리에 맞춰 교회에 나가기도 하고, 좋은 침대에서 잠을 자기도 했지. 도시의 흥청거리는 잔치에 참석해 본 적도 있고. 하지만 지금은 이렇게 나무 그늘에 앉아 세월을 잊고 산다오. 젊은이도 음식을 구걸하러 다닐 사람은 아닌 것 같은데, 내게 자네 사연을 얘기해 주지 않겠나?"

올랜도는 아버지가 돌아가신 후부터 지금까지의 일을 솔직하게 털어놓았습니다.

"아니, 그러면 자네가 롤런드 경의 아들이란 말인가? 이렇게 친구의 아들을 만나게 될 줄이야!"

"네? 제 아버님을 아십니까?"

"알다마다. 내 둘도 없는 신하이자 친구였지."

"그, 그렇다면 당신은 동생에게 쫓겨났다던 전 왕! 세상에 이런 실례를 하다니……."

올랜도는 얼른 무릎을 꿇고 사죄했습니다.

왕은 그의 손을 잡아 일으키며 다정하게 말했습니다.

"괜찮네. 자네를 진심으로 환영하는 바이니까. 우리, 처지가 비슷한 사람끼리 앞으로 의지하며 살자고."

재회

한편 오누이로 변장하고 길을 떠난 로잘린드와 실리어는 어떻게
됐을까요?

두 사람은 무사히 아든의 숲에 도착하기는 했습니다. 하지만 넓
디넓은 숲속에서 왕이 사는 곳을 찾기란 몹시 어려운 일입니다. 그
들은 며칠을 계속 헤매 다녔지만 아무것도 발견하지 못했습니다.
가도가도 빽빽한 나무뿐입니다.

두 사람은 주저앉고 말았습니다. 지금까지 여러 가지 재치 있는
말로 동생을 달래며 믿음직한 오빠 역할을 나무랄 데 없이 해 오던
게니미드도 이제 완전히 지쳤습니다. 체면이고 뭐고 너무나 피곤
했기 때문에 엉엉 울고 싶었습니다.

그때 한 시골 노인이 그들 앞으로 지나갔습니다. 양치기 차림이

었습니다.

게니미드는 기운을 내서 겨우 정신을 차리고 남자 목소리로 그를 불렀습니다.

"영감님! 인적 없고 쓸쓸한 이곳에서 사람을 만나니 무척 기쁩니다. 저는 누이동생과 함께 여행을 하던 중에 숲속에서 그만 길을 잃고 이렇게 지쳐 쓰러져 있답니다. 어디 이 근처에 인가가 없을까요? 제발 저희를 쉴 만한 곳으로 안내해 주십시오. 대가는 충분히 지불하겠습니다."

"고생이 많구먼. 하지만 나도 남의 양이나 치면서 입에 겨우 풀칠이나 하는 주제이니 어떻게 하나? 어쨌든 우리 주인 집으로 가 봅시다."

양치기 노인은 친절하게 두 사람을 안내했습니다.

게니미드와 알리나는 이제 살았구나 하고 안도의 숨을 내쉬며 노인을 따라갔습니다.

노인이 사는 집은 작고 아담한 오두막이었습니다. 안에는 불도 따뜻하게 지펴 놓고 먹을 것도 충분히 갖춰져 있었습니다.

게니미드와 알리나는 이 집이 무척 마음에 들었습니다.

"영감님, 이 집에서 혼자 사십니까?"

"아니오, 난 이 댁의 양을 치는 하인이라오. 주인은 이 집과 양을 팔려고 내놓고 나서 도시로 나갔다오. 새 주인이 나타날 때까지 내가 돌보고 있지요."

"그래요? 그렇다면 우리가 사겠어요."

게니미드는 궁전을 나올 때 가지고 온 돈과 보석으로 당장 그 자리에서 오두막을 샀습니다. 양과 양치기 노인도 계속 함께 살기로 했습니다. 그들은 당분간 이곳에 살면서 왕이 사는 곳을 알아보기로 했습니다.

로잘린드는 양 치는 목동이 되었고, 실리어는 젖 짜는 아가씨가 되었습니다. 둘은 새로운 생활에 잘 적응해 갔습니다. 하지만 보통 때는 게니미드로서 씩씩하게 살아가는 로잘린드도 가끔은 우울해졌습니다. 바로 올랜도가 생각나는 때입니다. 올랜도가 저 먼 고향에 있는 줄 알았기 때문에 그가 더욱 그리웠습니다.

그러던 어느 날, 게니미드와 알리나는 숲을 산책하다가 로잘린드라는 이름이 새겨진 나무들을 발견하고 깜짝 놀랐습니다. 게다가 이름 밑에는 사랑의 시가 적힌 쪽지까지 붙어 있었습니다.

게니미드는 뛰는 가슴을 진정시키며 말했습니다.

"이게 어떻게 된 일이지? 올랜도가 여기에 왔을 리 없는데……."

그때 알리나가 소리쳤습니다.

"오빠, 저기 참나무 아래를 좀 봐. 누군가가 앉아서 쉬고 있어. 그런데 올랜도 같아!"

동생이 가리키는 방향을 쳐다본 게니미드는 순간 심장이 멎는 듯했습니다. 꿈에도 그리던 올랜도가 바로 코앞에 있었기 때문입니다. 당장 그에게 달려가고 싶었습니다.

그러나 게니미드는 침착을 되찾고, 왜 그가 이곳에 있는지 자세한 사정을 알아봐야겠다고 생각했습니다. 그래서 올랜도에게 천천히 다가가 남자 행세를 하며 말을 걸었습니다.

"안녕하슈, 젊은이! 여기서 뭘 하고 있소?"

멍하니 하늘의 구름을 쳐다보며 로잘린드를 생각하고 있던 올랜도는 갑작스런 말소리에 깜짝 놀랐습니다.

"아, 이 숲에 사는 양치기인 모양이군요. 난 사냥하러 나왔다가 잠시 쉬는 길이오. 저쪽 숲속에서 살고 있지요."

올랜도는 로잘린드가 준 목걸이를 걸고 있었습니다.

게니미드는 시침을 뚝 떼고 말했습니다.

"어쨌든 반갑군요. 그럼, 나도 좀 쉬어 갈까? 그런데 댁은 원래 이 숲에 살던 사람 같지는 않은데 어떻게 된 일이오? 혹시 무슨 딱한 사정이라도 있어 숨어 사는 것은 아니오?"

올랜도는 이런 숲에서 젊고 잘생긴 젊은이를 만나게 되자 무척 반가웠습니다. 게다가 젊은이의 외모나 말씨로 보아 그가 평범한 시골 사람 같지는 않았습니다.

"말하자면 사연이 좀 길지요. 당신도 양치기로 보이지 않는데 댁이야말로 사람의 눈을 피해 숨어 사는 건 아니오?"

"아, 천만에요. 난 이곳 토박이지요. 그저 도시에 사는 친척한테서 이것저것 주워들은 게 있어서 당신이 그렇게 느낀 모양이오. 말꼬리 돌리지 말고 당신 얘기나 해 보시오."

올랜도는 젊은이의 소탈한 모습과 성격이 마음에 들었습니다. 친구가 되어도 괜찮겠다 싶어 그간의 일을 털어놓았습니다.

게니미드는 그의 악독한 형에게 화가 났습니다. 그러면서도 아버지가 가까운 곳에서 건강히 지내신다는 것을 알자 마음이 놓였습니다.

"참 딱한 처지군. 난 여기서 얼마 떨어지지 않은 오두막에서 누이동생과 살고 있소. 언제 한번 놀러 오시구려. 당신만 좋다면 친구가 되고 싶으니까."

"좋지요. 아, 이제 그만 가 봐야 될 것 같군요. 오늘 매우 반가웠소. 그럼 또 봅시다."

게니미드는 올랜도와 헤어져 알리나에게로 돌아왔습니다.

"언니, 정말 연기 잘하던데? 그런데 왜 올랜도에게 사실대로 말하지 않았어?"

"두고 보려고. 올랜도를 뜻밖에 이곳에서 만나고 보니 그를 좀 골려 주고 싶어졌어. 재미있을 거야, 후후."

그 후로 게니미드와 올랜도는 처음 만났던 나무 밑에서 자주 만나 얘기를 나누었습니다. 올랜도는, 만날 때마다 사랑 때문에 괴로운 마음을 호소했습니다. 게니미드는 기분 좋게 그의 얘기를 들어 주었습니다.

그러던 어느 날 게니미드는 좀 심각한 표정으로 올랜도에게 말했습니다.

"우리 숲에 지독한 상사병에 걸린 사람이 있나 봐. 이 나무 저 나무에 로잘린든가 뭔가 하는 이름을 마구 새겨 놓았으니 말이야. 게다가 유치한 시까지 붙여 놓았더군. 자넨 본 일 없나? 그 사람이 누군지 알 수만 있다면 내가 즉시 고쳐 줄 텐데……."

이 말에 올랜도는 눈이 번쩍 뜨였습니다.

"사실은 내가 그 주인공이네. 자네도 내가 어떤 아가씨를 굉장히 사랑하고 있는 건 알고 있지? 그 아가씨 이름이 바로 로잘린드야. 보고 싶은 마음을 주체할 수가 없어서 그런 짓을 했어. 그러니 어서 내게 상사병을 고칠 수 있는 방법을 알려 주게."

"그랬었군. 좋아, 알려 주지. 별로 어려운 일은 아니야. 바로 사랑의 연극을 하는 거지. 내가, 자네가 좋아하는 로잘린드가 돼 주겠어. 자네는 나를 진짜 로잘린드라고 생각하고 매일 날 찾아와 사랑을 고백하는 거야. 나는 보통의 아가씨답게 때론 상냥하게, 때론 쌀쌀하게 굴면서 자네 애를 끓이겠어. 그러면 마음의 상처도 치료되고 사랑의 허망한 꿈에서도 깨어나게 될 거네."

올랜도도 재미삼아 그렇게 해 보기로 결심했습니다. 그래서 매일 게니미드의 집을 찾아가 그의 말대로 했습니다.

"로잘린드, 제발 나의 사랑을 받아 주시오. 그대를 위해서라면 이 목숨도 기꺼이 바치리다."

그러면 게니미드는 로잘린드가 되어 대답했습니다.

"글쎄요, 그 말을 믿어도 좋을까요? 사랑의 열병이란 한바탕의 소나기처럼 부질없는 것이라던데요."

"내 사랑은 저 하늘의 태양이 빛나는 한 변하지 않을 거요."

올랜도는 비록 연극이긴 하지만 이런 식으로라도 자신의 사랑을 마음껏 털어놓을 수 있어서 속이 시원했습니다.

날이 갈수록 두 사람은 연극의 재미에 푹 빠져들었습니다. 로잘린드는 아버지가 계신 곳을 알게 되었으면서도 그곳을 찾아가 볼 생각도 하지 못할 정도였습니다.

알리나는 그런 두 사람이 이해되지 않았습니다.

"언니, 왜 솔직하게 말하지 않아? 그게 훨씬 좋을 텐데."

"실리어, 넌 잘 모를 거야. 난 그분의 진심을 알고 싶을 뿐이야. 그분의 사랑이 영원히 변하지 않을 것인지 말이야."

"사랑을 하면 다 이상해지나 봐. 난 사랑 같은 건 절대 하지 않을 테야."

실리어는 고개를 살래살래 흔들며 중얼거렸습니다.

하루는 약속 시간이 훨씬 지났는데도 올랜도가 오지 않았습니다. 초조하게 그를 기다리던 게니미드는 화가 났습니다. 그래서 숲으로 그를 찾아 나섰습니다.

얼마 안 가서 게니미드는 올랜도를 발견했습니다. 놀랍게도 그는 왕과 함께 있었습니다.

"올랜도!"

"어이, 게니미드! 여긴 웬일이야? 난 오늘 왕을 모시고 사냥을 하느라 자네 집에 가지 못했네."

"그랬었군. 나도 왕께 인사시켜 주지 않겠나?"

로잘린드는 왕이 태평하게 잘 지내는 얼굴이라 안심을 하고 아는 체를 하지 않았습니다. 좀더 있다가 자신의 정체를 밝혀 아버지를 놀라게 하고 싶었습니다.

"안녕하십니까? 저는 게니미드라고 합니다. 숲에서 양을 치고 있죠."

왕은 이 젊은이가 자신의 딸이라고는 전혀 짐작도 못 하고 부드러운 미소를 띠며 인사를 받았습니다.

"어디서 많이 본 듯한데……. 어쨌든 만나서 반갑네. 양치기치고는 제법 귀티가 나는군. 정말 이 시골 사람이오?"

"지금은 완전히 몰락했지만 아버지 때만 해도 이 근방에서는 꽤 알아주는 집안이었다고 하더군요."

"그래? 참 안됐군. 앞으로 내가 살고 있는 곳에 자주 놀러 와요."

"이거 영광입니다, 하하하."

로잘린드는 기쁜 마음으로 아버지와 헤어져 돌아왔습니다.

행복을 되찾은 아든 숲

한편, 로잘린드와 실리어가 말없이 사라진 후 궁전은 발칵 뒤집혔습니다. 딸이 없어진 것을 알자 프레드릭 왕은 노발대발하며 신하들을 닦달했습니다.

"아니, 너희는 뭘 했기에 공주가 궁궐을 빠져나가는 것도 몰랐단 말이냐? 이런 머저리 같은 녀석들!"

프레드릭은 실리어가 정말로 로잘린드를 따라나설 줄은 몰랐습니다.

"어디 가서 그 애를 찾는담. 아, 그래! 로잘린드와 함께 나갔으니까 아든의 숲으로 전 왕을 찾아갔을 거야. 그쪽으로 사람들을 보내 보자."

며칠 동안 숲속을 뒤졌지만 아무 소득이 없었습니다. 맹수에게 잡아먹혔을지도 모른다는 불길한 얘기만 들렸습니다.

프레드릭 왕은 안절부절못했습니다. 게다가 그에게는 더욱 기분
나쁜 소문이 들려왔습니다. 쫓겨난 왕이 숲속에서 젊은이들을 모
아 왕위를 되찾기 위해 힘을 기르고 있다는 것입니다.

"이렇게 가만히 앉아 있어서는 안 되겠다. 내가 직접 병사들을
데리고 아든의 숲으로 가 보는 게 좋겠어. 이 기회에 실리어도 찾
고, 걸리적거리는 왕도 완전히 없애 버려야지."

프레드릭 왕은 날쌔고 용감한 병사들만 데리고 아든의 숲을 향
해 출발했습니다.

그와 비슷한 시간에 올랜도의 형 올리버도 아든의 숲으로 가고
있었습니다. 죽이려고 아무리 기다려도 동생이 나타나지 않자 이
상하게 생각하던 올리버는 나중에야 올랜도가 도망쳤음을 알았습
니다.

올리버는 동생을 그대로 살려 놓고서는 두 발을 뻗고 잘 수가 없
었습니다. 그래서 사방팔방 동생을 찾아다니기 시작했습니다.

그러던 중에 아든의 숲에까지 이르렀습니다. 숲속을 이리저리
헤매던 올리버는 곧 지쳐 버렸습니다. 사람이라곤 그림자도 찾아
볼 수가 없었습니다. 배도 고프고 다리도 아팠습니다.

"에라, 모르겠다. 여기서 쉬어 가자."

올리버는 큰 나무 그늘 아래에 누웠습니다. 몹시 피로했던 터라
눕자마자 깊이 곯아떨어졌습니다.

조용한 오후였습니다. 숲속의 온갖 짐승들도 모두 낮잠을 자는 모양입니다.

로잘린드와 실리어는 그들의 오두막집 앞에 나와 앉아 얘기를 나누고 있습니다.

"휴우, 올랜도가 왜 안 오지?"

로잘린드는 목이 빠지게 올랜도를 기다리고 있었습니다. 실리어가 그런 언니에게 딱하다는 듯 말했습니다.

"왕을 모시고 있으니 그럴 수도 있지 뭐. 그런데 언니, 하루라도 안 보면 못 살 만큼 올랜도가 좋아?"

그때 올랜도가 뛰어오는 모습이 보였습니다.

"아, 드디어 왔어!"

로잘린드는 이제까지 찡그리고 있던 얼굴에 함박꽃 같은 미소를 띠며 일어섰습니다.

올랜도는 숨을 헉헉거리며 달려와서는 말했습니다.

"안녕! 사랑스런 로잘린드!"

그러나 로잘린드는 일부러 토라진 척했습니다.

"올랜도, 어디 있다 이제야 오는 거죠? 그러고도 나를 사랑한다고 할 수 있어요?"

"화를 내니 더 귀엽군. 실은 왕께서 계속 내게 말을 하시기 때문에 빠져나오기가 힘들었어요. 미안해요, 로잘린드."

"나보다 왕이 더 좋은가 보죠? 당신은 내 애인이라고 할 수도 없어요. 차라리 달팽이를 애인으로 삼는 게 낫겠어요."

로잘린드는 이렇게 톡 쏘아붙이고 돌아섰습니다. 올랜도는 그녀의 팔목을 붙들어 세웠습니다.

"제발 화내지 말아요. 진짜 로잘린드라면 이만한 일쯤은 이해해 주었을 텐데……. 그녀는 아주 착한 사람이니까."

실리어가 웃으며 그들 사이에 끼어들었습니다.

"맞아요. 올랜도가 진짜 사랑하는 로잘린드는 게니미드처럼 사사건건 따지고 토라지는 고약한 사람은 아닐 거예요."

"좋아. 그럼, 그만 화를 풀기로 하겠어. 하지만 날 진짜 로잘린드

라고 생각해야 돼요."

그러면서 로잘린드가 생긋 웃음을 짓자 올랜도도 싱글거리며 말했습니다.

"물론이오. 나는 당신이 그 예쁜 얼굴을 한 번 찡그리기만 해도 심장이 멎는 것 같소. 제발 날 믿어 줘요, 로잘린드."

"그렇다면 앞으로 당신에게 더욱 상냥한 로잘린드가 되겠어요."

"아, 로잘린드! 부디 나를 사랑해 주시오."

올랜도는 간절히 애원했습니다.

"물론 당신을 사랑해요."

두 사람은 시간 가는 줄 모르고 사랑 연극에 몰두했습니다. 그러다 어느새 어두컴컴한 밤이 되었습니다.

올랜도는 매우 섭섭해 하며 작별 인사를 했습니다.

"로잘린드, 벌써 밤이 깊었군요. 나는 돌아가 봐야겠습니다. 내일 다시 오지요. 그럼, 안녕!"

"내일은 틀림없이 제시간에 오시는 거죠? 어두우니까 조심해 가세요."

로잘린드 역시 서운함을 이기기 어려웠지만 할 수 없었습니다. 올랜도가 돌아가자마자 로잘린드는 그가 보고 싶어져 실리어에게 하소연하듯 말했습니다.

"실리어, 벌써 올랜도가 보고 싶어. 한순간이라도 그를 보지 않으면 못 살 것 같아."

"정말 못 말리겠네. 난 가서 잠이나 자야지."

실리어는 입을 삐쭉 내밀어 보이곤 방으로 들어갔습니다.

다음 날 올랜도는 점심 식사를 하자마자 로잘린드를 찾아갔습니다. 도중에 그는 어느 나무 밑에서 한 남자가 잠들어 있는 모습을 보았습니다.

무심히 그 곁을 지나치려는 순간 올랜도는 깜짝 놀라 걸음을 멈추었습니다. 그 남자의 목에 시퍼런 독사 한 마리가 감겨 있었기 때문입니다. 독사는 혀를 날름거리며 금방이라도 그 남자에게 달려들어 목을 물 것 같았습니다.

올랜도는 칼을 빼들고 살금살금 그 쪽으로 다가갔습니다. 남자는 아직도 정신 없이 자고 있었습니다. 그런데 가까이서 남자의 얼굴을 본 올랜도는 그 자리에 우뚝 멈춰 서고 말았습니다. 바로 자신을 학대하고 죽이려고까지 했던 형 올리버였습니다.

뱀은 올랜도가 다가가자 스르르 사라졌습니다. 그러나 올랜도는 기쁜 마음이 들지 않았습니다.

"흥, 형인 줄 알았더라면 그냥 지나칠 걸 그랬군그래. 날 죽이려고 했던 사람이니까 내가 자신을 구해 줘도 전혀 고마워하지 않을 거야."

올랜도는 그대로 돌아섰습니다. 그러다 또 한 번 크게 놀랐습니다. 사자 한 마리가 이쪽을 노려보고 있었기 때문입니다. 사자는 올리버가 자다가 돌아눕자 올리버를 향해 곧장 달려들었습니다.

올랜도는 칼을 들고 사자를 막았습니다.

"얏!"

"으르릉!"

올랜도와 사자는 한 덩어리가 되어 뒹굴었습니다.

그제야 올리버는 눈을 비비며 잠에서 깨어났습니다. 눈을 뜨자마자 자기 앞에 벌어진 끔찍한 광경에 몸서리를 쳤습니다. 얼른 나무 뒤로 가 숨어서는 벌벌 떨며 이 싸움을 지켜보았습니다. 그런데 자세히 보니 사자와 싸우는 사람은 바로 동생 올랜도였습니다.

'이게 어떻게 된 일이지?'

한참의 격투 끝에 사자가 올랜도의 칼을 맞고 나가떨어졌습니다. 그러나 올랜도도 사자의 날카로운 발톱에 한쪽 팔을 다치고 말았습니다.

올리버는 사자가 쓰러진 것을 확인하고 올랜도에게로 뛰어갔습니다. 올랜도의 팔에서는 피가 흐르고 있었습니다.

"올랜도, 괜찮니?"

올리버는 동생이 자기를 위해 목숨을 걸고 사자와 싸웠다는 걸 깨달았습니다. 마음 깊이 감동이 일었습니다.

"올랜도, 널 죽이려고 했던 내 생명을 구해 주다니! 널 대할 면목이 없구나."

올리버는 올랜도의 손을 잡고 후회의 눈물을 흘렸습니다.

"올랜도, 제발 날 용서해 다오. 그동안 난 정말 못된 형이었어."

올랜도는 형이 진심으로 자신의 잘못을 뉘우치고 있다고 느꼈습니다. 그래서 기쁜 마음으로 그를 용서해 주었습니다.

"형님, 그만 진정하세요. 이제라도 우리 형제가 화해하고 사이좋게 살아가면 되잖아요."

두 사람은 서로 다정하게 끌어안았습니다.

"참, 내 정신 좀 봐. 네가 상처를 입어 피를 흘리고 있는 것도 잊고 있었네."

올리버가 올랜도의 상처를 살펴보니 아까보다 더욱 많은 피가 흐르고 있었습니다.

"세상에, 살점이 떨어져 나갔나 봐. 어떻게 하지?"

올리버는 손수건을 꺼내어 상처를 싸매어 주었습니다.

올랜도는 얼굴이 새하얘져서는 간신히 말했습니다.

"형님, 여기서 조금만 가면 제가 살고 있는 곳이 나옵니다. 그곳에 가면 상처를 치료할 수 있을 겁니다. 저는 지금 당장 그리로 가겠으니 형님은 제 부탁이나 하나 들어주세요. 저쪽으로 곧장 가다 보면 아담한 오두막이 나올 겁니다. 그 집에는 양을 치는 오누이가 살고 있는데, 그들에게 오늘 일어난 일을 자세히 설명하고 제가 못 간다고 전해 주세요. 그리고 증거로 이 손수건을 보여 주세요."

상처를 동여맸던 손수건은 어느새 피로 붉게 물들어 있었습니다. 올리버는 손수건을 받아 들고 쏜살같이 오두막을 향해 달려갔습니다.

오두막에서는 로잘린드가 문간에 나와 올랜도를 기다리고 있었습니다. 올랜도의 사정을 전혀 모르는 로잘린드는 기다리고 기다려도 그가 나타나지 않자 속이 상해 있었습니다.

"오늘도 오지 않으려나 봐. 아이, 속상해."

그때 숨을 가쁘게 몰아쉬며 올리버가 나타났습니다.

"이 댁이 양치기 오누이가 산다는 집입니까?"

로잘린드와 실리어는 갑자기 낯선 사람이 나타나자 눈이 동그래져서는 그를 바라보았습니다.

"그런데요. 당신은 누구죠? 어떻게 우리를 찾아오셨나요?"

"난 올리버라고 하며 올랜도의 형입니다. 올랜도의 심부름을 왔습니다."

"올랜도의 형이라고요? 그렇다면 어릴 때부터 올랜도를 구박하고 얼마 전에는 그를 죽이려고 했다던, 그 형이란 말씀이에요?"

로잘린드는 의심스런 눈초리로 물었습니다.

올리버는 머리를 긁적이며 지금까지 있었던 일을 털어놓았습니다. 그러고는 피 묻은 손수건을 로잘린드 앞에 내놓았습니다.

올리버의 얘기를 듣고 있는 동안 차츰차츰 얼굴이 파랗게 질려 가던 로잘린드는 피로 붉게 물든 손수건을 보고는 더 참지 못하고 기절하고 말았습니다.

올리버가 재빨리, 쓰러지는 로잘린드를 받아 안았습니다. 곁에 있던 실리어는 놀라서 어쩔 줄 모르고 당황해 했습니다.

"이럴 때는 어떻게 해야 하지?"

올리버는 로잘린드를 침대에 눕히고 나서 그녀의 허리띠를 느슨하게 풀었습니다. 그리고 나서 침착한 목소리로 실리어에게 말했습니다.

"아가씨, 진정하세요. 좀 있으면 깨어날 테니까요."

실리어는 그의 부드럽고 안정감 있는 태도에 마음이 가라앉았습니다.

"정말 믿어지지 않네요. 당신이 그렇게 악독하고 잔인한 사람이었다고는 도저히 생각할 수가 없어요."

이 말을 듣자 올리버가 얼굴을 붉혔습니다.

"사실입니다. 저는 세상에 둘도 없는 못된 인간이었어요. 하지만 동생 덕분에 새 사람이 되었답니다."

실리어는 올리버의 눈을 쳐다보았습니다.

'참 맑은 눈동자구나. 분명 나쁜 사람은 아니야.'

실리어는 자기도 모르게 가슴이 설레었습니다. 그때 로잘린드가 깨어나는 소리가 들렸습니다.

"으……. 음, 올랜도!"

로잘린드가 눈을 뜨자 올리버가 혀를 차며 말했습니다.

"아니, 당신은 그만한 일로 기절을 하다니, 부끄럽지도 않소? 그러고도 진짜 남자라고 할 수 있겠소!"

로잘린드는 기운을 차리고 일어나며 말했습니다.

"하하하, 모두 감쪽같이 속았죠? 난 진짜 기절한 게 아니라 기절한 척 연극을 한 것뿐이오. 올랜도와 나는 사랑 연극을 하고 있는데 그 역할을 충실히 하려고 그랬단 말이오."

"도무지 이해가 안 되는 말이군. 하지만 믿기로 하지요. 다음부터는 남자다운 씩씩한 역할을 맡으시오. 그럼 난 이만 돌아가 보겠소. 올랜도가 어찌 되었나 걱정이 돼서⋯⋯."

올리버가 가려고 일어서자 로잘린드도 따라 일어서며 다급하게 말했습니다.

"올랜도를 만나면 내가 얼마나 실감나게 기절했었는지 전해 주시오. 그럼, 안녕히 가시오."

올리버가 돌아서 가는 모습을 실리어는 한참 동안이나 바라보았습니다.

'어쩌면 저렇게 늠름하고 멋있을까?'

실리어가 올리버 생각에 빠져 있을 때, 로잘린드는 올랜도 걱정에 여념이 없었습니다.

'손수건을 보니 많이 다친 모양인데⋯⋯. 내가 같이 가 볼 걸 그랬나?'

그러다 로잘린드는 문득 멍하니 서 있는 실리어를 돌아다보았습니다.

"실리어, 너도 올랜도가 무척 걱정되나 보구나?"

그제야 실리어는 꿈에서 깬 듯한 목소리로 대꾸했습니다.

"응?"

그러고는 한숨을 폭 내쉬었습니다.

"갑자기 왜 그러니? 올랜도 때문만은 아닌 것 같아. 무슨 고민거리라도 생겼니?"

실리어는 잠시 망설이다 솔직히 털어놓았습니다.

"언니, 사실은 올리버 그분을 보고 나서부터 가슴이 두근거리고 아무 생각도 안 나."

"뭐? 너 첫눈에 사랑에 빠진 거로구나."

실리어는 얼굴을 붉혔습니다. 로잘린드는 살며시 미소지으며 실리어를 골려 주어야겠다고 생각했습니다.

"너, 언제는 사랑은 바보들이나 하는 시시한 거라고 하고선…….그래 사랑에 빠지니 기분이 어때?"

"이제야 언니의 심정을 이해하겠어. 그동안 놀려 댔던 거 미안해."

두 사람은 정답게 마주 보고 웃었습니다.

올리버는 올랜도가 있는 곳으로 돌아왔습니다. 그는 올랜도를 보자마자 동생의 상처에 대해서는 한 마디도 물어보지 않고 외쳤습니다.

"오, 세상에 그처럼 아름답고 얌전한 숙녀가 이런 숲속에 살고 있을 줄이야."

올랜도는 형이 갑자기 엉뚱한 소리를 하자 멍하니 쳐다보기만

했습니다. 올리버는 여전히 흥분에 겨워서 말했습니다.

"올랜도, 난 사랑을 하게 됐어!"

"예? 그게 무슨 말씀이에요?"

"네 말대로 난 오두막을 찾아갔지. 그런데 그곳에 눈처럼 순결하고 백조처럼 우아한 아가씨가 있더구나. 난 그 아가씨를 보자마자 마음을 온통 뺏기고 말았어. 아, 그 아가씨의 모습이 어찌나 눈부시던지 난 눈도 뜰 수가 없었어."

"그렇다면 알리나를 사랑하게 되었단 말이군요. 그것도 첫눈에."

"그래. 난 당장 그 아가씨와 결혼해서 이 숲에서 양이나 치며 조용히 살고 싶어. 아마 그 아가씨도 날 좋아할 거야. 둘이 결혼만 하면 내가 가지고 있는 재산을 모두 네게 주겠어. 숲에서 살면 돈은 전혀 필요하지 않을 테니까."

"축하합니다, 형님. 이러고 있지 말고 당장 가서 청혼하는 게 어때요?"

올리버와 올랜도는 곧장 게니미드와 알리나가 살고 있는 오두막으로 달려갔습니다.

올리버 생각에 빠져 있던 알리나는 그가 갑작스레 나타나자 무척 기쁘면서도 당황했습니다.

올리버는 망설이지 않고 알리나 앞으로 나서며 말했습니다.

"알리나, 저는 당신을 처음 보는 순간부터 사랑하게 되었습니다. 제발 저와 결혼해 주십시오."

알리나는 꿈인지 생시인지 분간을 할 수가 없었습니다.

자기 혼자서만 좋아한 게 아니라는 사실을 알자 너무 기뻐 어쩔 줄을 몰랐습니다. 잠시 후 그녀는 명랑한 목소리로 말했습니다.

"올리버, 기꺼이 당신의 청혼을 받아들이겠어요."

올리버도 크게 기뻐하며 소리쳤습니다.

"좋소. 그렇다면 우리 내일이라도 결혼식을 올립시다. 지금 왕께 가서 주례를 부탁하는 게 어떻겠소?"

"예, 그래요."

올리버와 알리나는 다정하게 손을 잡고 밖으로 나갔습니다. 곁에서 이 모습을 지켜보던 게니미드와 올랜도도 즐거운 마음이었습니다.

그런데 문득 올랜도가 어두운 표정이 되더니 이렇게 말했습니다.

"게니미드, 형과 알리나의 행복한 모습을 보니까 더욱 로잘린드가 그리워. 이제는 거짓 연극만으로는 만족할 수가 없어. 진짜 로잘린드를 만나고 싶어. 아, 나도 내일 형과 함께 결혼식을 올릴 수 있다면 얼마나 좋을까?"

올랜도는 먼 하늘을 보며 한숨을 쉬었습니다. 그러자 게니미드가 그의 어깨를 툭 치며 말했습니다.

"뭐 그런 일로 그리 풀이 죽나? 자네가 정말 로잘린드를 사랑하며 그녀와 결혼하고 싶다면 내가 나서서 그 소망을 이뤄 주지."

"뭐라고? 아니 자네가 어떻게?"

올랜도는 믿어지지 않는다는 듯 눈을 커다랗게 떴습니다.

"내 아직 자네한테 말을 하지 않았는데, 사실 난 마술을 좀 부릴 줄 알거든. 우리 친척 아저씨 중에 유명한 마술사가 한 분 계시다네. 전에 그분한테서 마술을 좀 배워 두었지."

"정말인가? 그 마술로 로잘린드를 여기까지 불러올 수 있단 말이지?"

"날 믿어. 자네는 내일 있을 결혼식 준비나 하게."

게니미드는 자신 있게 큰소리쳤습니다. 올랜도는 그래도 완전히 그의 말을 믿을 수가 없었습니다.

'하지만 내일 두고 보면 알게 되겠지.'

올랜도는 그렇게 생각하고 집으로 돌아갔습니다.

결혼식 준비가 모두 끝났습니다. 왕과 신하들이 행복에 들떠 있는 올리버와 알리나를 둘러쌌습니다. 모두 즐거운 표정입니다. 그러나 올랜도는 초조하게 주위를 서성거렸습니다. 게니미드가 아직 나타나지 않았기 때문입니다.

'게니미드가 한 말을 믿어도 되는 건가? 괜한 소리를 할 사람은 아닌데…….'

올랜도가 이렇게 생각하고 있을 때 드디어 게니미드가 나타났습니다. 그는 혼자였습니다.

올랜도는 달려가 그를 맞으며 물었습니다.

"아니, 왜 혼자 오나? 로잘린드는 어디 있어?"

올랜도가 두리번거리며 묻자 게니미드는 침착하게 말했습니다.

"로잘린드를 데려오기 전에 한 가지 다짐해 둘 게 있어. 올랜도, 자네 정말로 로잘린드를 아내로 맞아 평생을 함께할 자신 있나?"

"물론이야. 내가 로잘린드를 얼마나 사랑하는지 자네도 잘 알고 있지 않나? 내 목숨을 걸고 맹세하겠어."

올랜도가 간절한 눈빛으로 대답했습니다.

"좋아. 그럼, 이번에는 전하께 여쭙겠습니다. 만약 따님인 로잘린드가 올랜도와 결혼을 하겠다고 하면 허락하시겠습니까?"

게니미드가 왕에게 묻자, 왕은 흔쾌히 대답했습니다.

"아, 물론이지. 내 딸이 올랜도 같은 훌륭한 청년과 결혼하겠다는데 말릴 이유가 하나도 없지."

"좋습니다. 그럼 잠시만 기다리십시오. 곧 로잘린드를 데려오겠습니다."

게니미드는 이렇게 말하고 나서 사라졌습니다. 그곳에 모여 있던 사람들은 모두 어리둥절했습니다.

잠시 후 신부 차림을 한 로잘린드가 나타났습니다. 그녀는 먼저 아버지 앞으로 가서 인사를 했습니다.

"아버지!"

"오, 로잘린드! 세상에 내 딸을 여기서 다시 보다니, 이게 분명

꿈은 아니겠지?"

두 부녀는 감격에 겨워 포옹을 했습니다.

올랜도도 자신이 그토록 사랑하는 로잘린드가 바로 눈앞에 있다는 사실이 도무지 믿어지지 않는다는 듯 입을 다물지 못하고 멍하니 쳐다보기만 했습니다.

로잘린드는 올랜도에게 다가가 지금까지의 자초지종을 다 털어놓았습니다. 얘기를 듣고 난 사람들은 모두 웃음을 터뜨렸습니다.

"아니 어쩌면 이 아비까지 그렇게 속일 수 있냐? 내 귀여운 로잘린드, 응?"

"로잘린드가 게니미드였다니! 그러면서 그동안 속으로 나를 얼마나 바보 같다고 생각했을까?"

왕과 올랜도도 기가 막히다며 껄껄 웃었습니다. 실리어도 뒤늦게 큰아버지인 왕에게 인사를 했습니다.

곧이어 올리버와 실리어, 올랜도와 로잘린드의 결혼식이 치러졌습니다. 이 광경을 지켜보던 사람들은 진심으로 이 두 쌍의 행복을 빌어 주었습니다.

결혼식이 끝나고 숲에서는 축하 잔치가 벌어졌습니다. 모두 싱글벙글한 얼굴로 즐겁게 마시고 떠들었습니다.

그런데 갑자기 어디선가 급히 말을 달리는 소리가 들려왔습니다. 사람들은 잠시 얘기를 중단하고 소리가 나는 쪽으로 귀를 기울였습니다. 그때 어떤 젊은이가 말을 타고 그들 앞에 도착했습니다.

"전하!"

그는 왕을 보자 말에서 내려 왕 앞에 무릎을 꿇었습니다.

"아니, 자네는 궁전을 지키는 병사가 아닌가? 그런데 여긴 웬일인가?"

왕이 묻자 병사는 놀라운 소식을 전해 주었습니다.

"전하! 실은 프레드릭 전하께서 병사들을 모아 이 숲으로 쳐들어오고 계셨습니다. 전하를 아주 없애 버릴 작정으로 말입니다. 그런데 오는 길에 어떤 수도승을 만나셨답니다. 프레드릭 전하는 그 수도승과 얘기를 나누는 동안 자신의 죄를 깨닫고 깊이 뉘우치셨습니다. 그래서 병사들을 돌려보내고 자신은 수도승과 함께 산속으로 들어가셨습니다. 모든 지위와 재산을 전하께 다시 돌려드린다는 말씀을 남기시고요."

병사의 말이 끝나자마자 사람들은 만세를 불렀습니다. 왕과 로잘린드, 올랜도, 올리버, 그리고 실리어의 기쁨은 이루 말할 수 없이 컸습니다.

사람들은 모두 이 나라와 왕을 위해 즐겁게 건배를 했습니다. 고난을 참고 꿋꿋하게 잘 견뎌 낸 그들의 웃음소리가 온 숲으로 퍼져 나갔습니다.

한여름 밤의 꿈

한여름 밤, 숲속에서 이상한 소동이 벌어집니다.
진실한 사랑을 찾아 헤매는 네 젊은이와 개구쟁이 요정
그리고 요정 나라 왕이 펼치는
아이스크림처럼 달콤하고 시원한 이야기!

도망치는 연인들

옛날 아주 오래 된 옛날, 그리스의 아테네라는 도시에서 있었던 일입니다.

어느 날 이지우스라는 사람이 자기 딸을 죽여 달라고 왕에게 고소한 사건이 생겼습니다.

아테네에는 딸이 시집을 갈 때가 되면 반드시 그 아버지가 고른 남자와 결혼해야 한다는 법이 있었습니다. 만약 아버지가 정해 준 남자와 결혼하기를 거역하는 경우에는 그 딸을 사형에 처해도 괜찮았습니다. 그러나 딸이 아무리 아버지 말을 따르지 않는다 해도 자기가 낳은 자식이 사형되기를 바라는 부모는 많지 않은 법입니다. 그래서 이 법은 지금까지 실행된 일이 거의 없었습니다.

그런데 이지우스는 정말로 딸을 고소했습니다. 그의 말에 따르

면 딸 허미아가 디미트리우스와 결혼하라는 아버지 명령에 복종하
지 않고 라이산더라는 다른 남자를 사랑한다는 것입니다.

디미트리우스는 아테네에서 꽤 유명한 귀족 집안의 아들입니다.
반면에 라이산더는 그리 재산이 많은 것도 아니고, 뼈대가 있는 집
안도 아니었습니다.

이지우스는 허미아가 자신의 말을 끝까지 거역하고 가난한 라이
산더와 결혼하겠다고 고집을 부리는 데 매우 화가 났습니다. 그래
서 왕에게 딸을 부디 처벌해 달라고 호소했습니다.

왕은 어떻게 해야 할지 참 난처했습니다. 법대로 하면 간단하겠
지만 사람의 도리상 함부로 판결을 내릴 수가 없었습니다. 우선 허
미아를 불러 자세한 사정을 알아봐야겠다고 생각했습니다.

왕 앞으로 불려 온 허미아는 침착하게 자신의 입장을 설명했습
니다.

"폐하, 아버지께서 결혼하길 원하는 디미트리우스는 한때 제 친
구인 헬레나에게 사랑을 고백한 적이 있습니다. 그런데 얼마 지나
지 않은 요즘에는 저를 사랑한다고 말하고 있습니다. 이렇게 변덕
이 심한 남자를 어떻게 믿을 수 있겠습니까? 게다가 헬레나는 저
와 가장 절친한 친구로서 지금도 디미트리우스를 잊지 못해 애를
태우고 있답니다. 사정이 이러하니 제가 어떻게 그런 남자와는 결
혼할 수 있겠습니까? 아버지가 아무리 엄하게 명령하셔도 따를 수
없습니다."

왕은 성품이 너그럽고 인자한 사람이었습니다. 허미아의 말을 듣고 보니 그 입장이 충분히 이해되기는 했습니다. 그렇지만 오랫동안 지켜 온 나라의 법을 자신이 마음대로 바꿀 수는 없었습니다.

왕은 한참 동안 골똘히 생각하다가 허미아에게 말했습니다.

"허미아야, 듣고 보니 네 사정이 퍽 딱하게 됐구나. 먼저 네 아비

를 설득해 보자."

왕은 곧 허미아의 아버지 이지우스를 불렀습니다.

"여보게, 이지우스. 난 세상에 자기 딸이 말을 안 듣는다고 해서 딸의 죽음을 원하는 아버지는 없을 거라고 생각하네. 자네도 너무 화가 나 한번 그래 본 거지, 설마 진정으로 딸이 사형되기를 바라지는 않겠지? 이 정도 했으면 허미아도 충분히 겁을 먹었을 거야. 이제는 아버지 무서운 줄 알고 말을 잘 따르겠지. 그러니 그만 고소를 취소하고 돌아가게나."

왕은 이지우스가 알아듣도록 잘 타일렀습니다. 그러나 완고한 이지우스의 마음은 왕의 간곡한 설득에도 끄떡하지 않았습니다. 오히려 그는 다시 한 번 더 왕에게 호소했습니다.

"폐하, 제 마음을 돌릴 생각일랑 마시고 어서 저 못된 딸을 벌주십시오."

왕은 깊이 한숨을 내쉬었습니다. 그러고 나서 결심한 듯 허미아를 보고 말했습니다.

"허미아야, 잘 듣거라. 내가 비록 왕이라 해도 법을 마음대로 고칠 수 있는 권한은 없단다. 내 나흘간의 여유를 줄 테니 그동안 잘 생각해 보고 결정하거라. 그때까지도 네가 아비의 말을 따르지 못하겠다면 법대로 너를 사형에 처할 수밖에 없다. 알겠느냐?"

"예."

허미아는 할 수 없이 이렇게 대답하고 물러 나왔습니다. 그리고 그길로 곧장 라이산더를 찾아갔습니다.

라이산더는 사랑하는 허미아가 얼굴이 창백하고 기운이 하나도 없는 것을 보자 안타깝고 걱정스러웠습니다.

"허미아, 갑자기 무슨 일이라도 생겼소? 기분이 안 좋아 보이는 구려. 그렇게 한숨만 쉬지 말고 얘기를 해 봐요, 어서."

허미아는 금방이라도 울음을 터뜨릴 것 같은 표정으로 말을 했습니다.

"라이산더! 아버지가, 내가 명령대로 디미트리우스와 결혼하지 않는다고 왕에게 고소했어요."

"뭐라고? 설마……."

라이산더는 믿어지지 않는다는 듯 눈을 동그랗게 떴습니다.

"정말이에요. 전 나흘 안에 당신과 헤어져 아버지가 정해 주신 대로 디미트리우스와 결혼해야 해요. 그렇지 않으면 법대로 죽게 된단 말이에요."

허미아는 결국 눈물을 뚝뚝 흘렸습니다.

그런 허미아를 바라보는 라이산더도 가슴이 미어지는 듯 아팠습니다. 그렇지만 이내 허미아를 달랬습니다.

"진정해요, 허미아. 하늘이 무너져도 솟아날 구멍이 있다고 하잖소. 우리 앞으로 어떻게 하면 좋을지 차근차근 생각해 봅시다."

라이산더는 이렇게 말하고 나서 한동안 생각에 잠겼습니다. 그러다 문득 밝아진 얼굴로 허미아를 쳐다보았습니다.

"허미아, 여기서 좀 떨어진 곳에 내 숙모님이 한 분 살고 계세요. 우리 그곳으로 도망칩시다."

"도망이요?"

"그래요. 그곳은 아테네 국경 밖이라서 당신을 죽이려는 그 끔찍한 법률이 미치지 않는단 말이오. 함께 그곳으로 가서 결혼합시다. 우리의 딱한 사정을 들으시면 숙모님도 우리 두 사람을 도와주실 거요."

"좋아요."

허미아도 그의 의견에 찬성했습니다.

"그럼, 오늘 밤 당장 떠납시다. 국경 밖 이삼 마일 떨어진 곳에 있는 숲, 알죠? 언젠가 거기로 헬레나와 셋이서 함께 소풍을 갔었잖소. 그 숲에서 해가 진 후에 만납시다."

"예, 그럼 그때 뵈어요."

허미아와 라이산더는 이렇게 굳게 약속을 하고 헤어졌습니다. 집으로 돌아가던 길에 허미아는 헬레나의 집에 들렀습니다. 둘도 없는 친구인 헬레나에게만은 자신의 계획을 알려야 할 것 같았기 때문입니다.

헬레나는 허미아를 반갑게 맞았습니다.

"왕께서 부르셔서 갔다더니 어떻게 된 거야? 아버지 화는 풀리셨어? 말 좀 해 봐. 지금까지 걱정했단 말이야."

"고마워, 헬레나. 왕께서도 법이 그런 이상 어쩔 수 없다고 하셨

어. 아버지가 고소를 취하하면 모르겠지만 그렇지 않는
한 죽일 수밖에 없대."

헬레나는 안됐다는 듯 허미아의 손을 꼭 잡았습니다.

사실 헬레나도 요즘 마음이 몹시 불편했습니다. 자신
을 사랑했던 디미트리우스가 마음이 변하여 친구인 허
미아와 결혼하겠다고 나섰기 때문입니다. 허미아가 살
길은 오직 아버지 명령대로 디미트리우스와 결혼하는
것뿐이었습니다. 그러면 헬레나 자신은 애인을 영원히

137

잃게 됩니다. 허미아와 마찬가지로 헬레나 역시 이러지도 저러지도 못하는 갈등 속에 싸여 있었습니다.

허미아가 조심스럽게 말을 꺼냈습니다.

"저, 헬레나, 네게만 할 얘기가 있어. 사실은 나 오늘 밤 라이산더와 도망가기로 했어."

"뭐라고?"

헬레나는 뜻밖의 말에 깜짝 놀랐습니다.

"우리는 이 끔찍한 도시 아테네에서 벗어나 자유롭게 결혼할 거야. 떠나기 전에 너를 만나고 싶어서 잠시 들렀어. 이건 비밀이니까 너만 알고 있어야 해. 알았지? 자, 그럼 난 이만 돌아갈게. 집에 가서 떠날 준비를 해야지. 헬레나, 잘 있어. 안녕!"

"허미아, 너도 잘살길 빌게. 안녕!"

헬레나는 아쉬움 가득한 눈길로 허미아를 떠나보냈습니다. 허미아가 돌아간 후 헬레나는 깊은 생각에 잠겼습니다.

'허미아가 떠난 걸 알면 디미트리우스의 마음이 어떨까? 다시 내게 돌아오겠지? 그래, 이러고 있지 말고 디미트리우스를 찾아가자. 그이한테 허미아가 라이산더랑 도망친다고 알려 줘야지. 그러면 허미아를 포기하고, 그 사실을 알려 준 내게 고마워할 거야.'

헬레나는 곧바로 디미트리우스를 찾아갔습니다. 디미트리우스는 헬레나를 보자 언짢은 얼굴로 퉁명스럽게 말했습니다.

"아니, 헬레나, 또 나를 귀찮게 하려고 여기 온 거요? 제발 날 좀 내버려둬요!"

헬레나는 냉랭한 디미트리우스에게 애원하며 말했습니다.

"디미트리우스, 한때는 저를 사랑한다고 하셨잖아요? 그때의 일은 아주 잊어버리셨어요? 이제 제 얘기를 듣고 나면 허미아를 포기하게 될 거예요."

"안됐지만 그런 일은 절대 없을 거요. 허미아도 아버지 말씀을 따르지 않으면 죽게 된다는 것을 알고 있는 이상, 더는 버틸 수 없을 테고……."

"허미아는 오늘 밤 라이산더랑 도망을 친대요."

헬레나는 허미아에게서 들은 얘기를 디미트리우스에게 다 말했습니다. 그러자 디미트리우스의 얼굴이 심하게 일그러졌습니다.

"자, 아시겠어요? 허미아는 곧 다른 남자의 부인이 될 거라고요. 이제 그만 허미아를 잊고 제게 돌아오세요."

그러나 디미트리우스는 헬레나의 호소는 들은 체도 하지 않고 뭔가 결심한 듯 밖으로 뛰쳐나갔습니다.

밤이 되었습니다. 허미아는 아버지 몰래 집에서 빠져 나와 약속 장소로 갔습니다. 숲에 도착하니 라이산더가 이미 와서 기다리고 있었습니다.

"어서 와요, 허미아. 아무에게도 들키지 않았겠지?"

"예."

"그럼 출발합시다. 부지런히 가야 오늘 밤 안으로 숙모님 댁에 들어갈 수 있을 테니까."

두 사람은 즉시 길을 떠났습니다.

허미아와 라이산더는 부지런히 걸었습니다. 빨리 이곳을 벗어나고 싶었습니다. 달빛이 환하게 두 사람 가는 길을 비추었습니다. 그러나 숲속은 생각만큼 작지 않았습니다.

얼마쯤 가다 두 사람은 완전히 지쳐 버렸습니다. 가도가도 길이 끝나지 않았으니까요.

허미아가 먼저 주저앉으며 말했습니다.

"라이산더, 전 도저히 더 못 걷겠어요. 이 밤 안으로 아테네를 벗어나긴 힘들 것 같아요."

그러자 라이산더도 멈춰 섰습니다.

"그런 것 같군. 나도 지쳤거든. 우리 여기서 쉬었다가 새벽에 다시 출발합시다."

라이산더와 허미아는 큰 나무 밑에 자리를 잡고 누웠습니다. 계속 긴장한 채 무리하게 걸어온 탓인지 두 사람은 곧 깊은 잠에 빠져들었습니다.

요정 나라의 대소동

이 숲속에는 꼬마 요정들이 살았습니다. 요정들의 왕 오베론과 왕비 티타니아는 밤마다 잔치를 열어 요정들과 함께 즐겁게 놀았습니다.

그런데 요즘 왕과 왕비의 사이가 좋지 않았습니다. 얼마 전 심하게 말다툼을 벌였기 때문입니다. 그 이유는 이러합니다.

티타니아 왕비의 친한 친구가 사람의 아이를 몰래 훔쳐다 길렀는데, 그만 세상을 떠나고 말았습니다. 왕비는 친구의 아이를 왕 모르게 데려다가 키웠습니다. 그 아이는 무척 귀엽고 사랑스러웠습니다.

그런데 얼마 전 왕이 그 사실을 눈치채고 말았습니다. 왕은 화를 냈고 이내 말다툼이 벌어졌습니다. 왕이 그 아이를 자기 몸종으로 삼겠다고 우겼던 것입니다. 왕비는 펄펄 뛰며 소리쳤습니다.

"뭐라고요? 저 예쁘고 착한 아이를 데려다가 마음대로 부려 먹겠다는 말인가요? 절대로 그렇게 내버려둘 수 없어요."

"아니, 감히 내 말을 거역하겠다는 거요? 왕이자 남편인 내 말을! 어서 아이를 내놓으시오."

"내가 그 애를 예뻐하니까 질투가 나서 그러는 거죠? 당신이 요정 나라 전부를 준다고 해도 나는 그 애를 내줄 수 없어요. 이 욕심쟁이 늙은이 같으니라고!"

"뭐? 이 마귀 할망구가!"

왕과 왕비는 그 뒤로 만나기만 하면 으르렁대며 싸웠습니다.

그러던 어느 날, 왕이 퍼크라는 요정을 불렀습니다. 퍼크는 왕이 가장 아끼는 요정이자 그의 심부름꾼이었습니다. 그런데 이 요정은 장난이 아주 심한 개구쟁이여서, 사람들이 사는 마을을 돌아다니며 못된 심술을 부렸습니다. 어떤 집 젖소의 젖을 마구 짜내어 버리기도 하고, 아가씨들이 크림을 만들면 그 속에 들어가 엉망이 되게 휘저어 놓기도 했습니다.

한번은 이런 일도 있었습니다. 몇몇 이웃 할머니들이 모여 정답게 얘기를 나누고 있을 때였지요. 퍼크는 그들이 차려 놓은 찻잔과 과자를 담은 접시에 달라붙어서 몰래 숨어 있다가, 한 할머니가 잔을 입에 대는 순간 툭 튀어올라 입술을 쳐서 차를 다 쏟게 만들었습니다.

또 어떤 할머니가 진지한 표정으로 얘기를 하려고 하자 의자를 슬쩍 잡아 빼 엉덩방아를 찧게 했습니다.

퍼크가 나타나자 왕은 다음과 같이 명령했습니다.

"퍼크, 지금 당장 가서 '사랑의 꽃'을 따 오너라. 그 꽃은 자줏빛에 크기가 아주 작단다. 그 꽃의 즙을 짜서 잠자는 사람의 눈꺼풀에 발라 두면, 그 사람이 잠에서 깨자마자 맨 먼저 본 것을 미치도록 사랑하게 되지. 그것이 사람이 아니라 쥐나 돼지라도 마찬가지야. 그 즙을 왕비의 눈꺼풀에 발라야겠어. 한바탕 골탕을 먹게 말이야. 그러고 나면 왕비도 고집을 꺾고 순순히 내 말을 듣겠지. 그때 다른 약을 눈에 발라서 제정신으로 돌아오게 하면 돼."

짓궂은 장난을 좋아하는 퍼크는 왕의 계획을 듣자 오히려 자기가 더 신이 났습니다. 퍼크는 왕의 말이 떨어지자마자 '사랑의 꽃'을 찾으러 날아갔습니다.

오베론 왕은 퍼크가 돌아오기만을 기다렸습니다. 그때 숲속으로 낯선 젊은이 두 사람이 들어오는 게 보였습니다. 디미트리우스와 헬레나였습니다. 디미트리우스는 헬레나에게서 허미아의 계획을 전해 듣고는 이곳까지 그녀를 쫓아온 것입니다. 헬레나는 디미트리우스를 쫓아온 것이고요.

디미트리우스가 헬레나를 돌아보며 소리를 질러 댔습니다.

"헬레나, 도대체 어디까지 쫓아올 거요? 제발 돌아가요. 난 빨리 허미아를 찾아야 한단 말이오."

“디미트리우스, 글쎄 소용없는 일이래도요. 두 사람은 벌써 아테네를 벗어났을 거예요. 그러니 이젠 다시 절 사랑해 주세요.”

“지구 끝까지라도 따라가서 두 사람을 잡아 낼 테니 두고 봐요.”

“제발 부탁이에요. 포기하세요. 허미아는 당신을 사랑하지 않아요. 당신을 사랑하는 사람은 바로 저라고요. 당신도 절 사랑했잖아요. 사람이 어쩌면 이렇게 변할 수 있어요?”

헬레나는 구박을 당하면서도 계속 디미트리우스에게 사랑을 호소했습니다. 그러나 얼어붙은 디미트리우스의 마음은 끄떡도 하지 않았습니다.

"좋소, 그럼 당신 맘대로 하시오. 난 더 이상 지체할 수 없으니까. 여기는 깊은 숲이라서 사나운 짐승도 많을 텐데 그대로 있든지 돌아가든지 난 상관하지 않겠소."

디미트리우스가 뒤돌아서 가 버렸습니다. 헬레나는 그래도 지지 않고 그를 쫓아 달려갔습니다.

두 사람의 모습을 지켜보던 오베론 왕은 디미트리우스가 괘씸했습니다. 진실한 사랑을 하는 사람들을 특별히 좋아했던 왕은 곧 헬레나를 동정했습니다.

이때 퍼크가 '사랑의 꽃'을 들고 돌아왔습니다. 왕은 퍼크를 보고 말했습니다.

"퍼크, 그 꽃의 즙이 필요한 데가 또 있다. 짝사랑에 빠져 상심해 있는 착한 아가씨 하나를 도와주어야겠어. 지금 이 숲에 그 아가씨와 아가씨가 사랑하는 청년이 들어와 있는데, 너는 아테네 지방의 옷을 입고 있는 청년을 찾아 눈꺼풀에 사랑의 꽃즙을 발라 주고 오너라. 아참, 그 아가씨가 청년 옆에 있을 때 발라 줘야 한다. 눈을 떴을 때 그 아가씨가 제일 먼저 눈에 띄도록 말이야."

"걱정 마십시오. 멋지게 일을 처리하고 돌아오겠습니다."

퍼크는 자신 있게 말하고 숲속으로 사라졌습니다.

왕은 퍼크를 보내 놓고 나서 왕비의 침실로 살며시 숨어 들어갔습니다. 왕비의 침실은 도톰하게 솟아오른 언덕에 있었는데, 바닥에는 초롱꽃, 오랑캐꽃 들이 깔려 있어 향기가 사방에 진동했습니다. 또 천장에는 들장미 덩굴이 둥글게 덮여 있어 매우 아름다웠습니다.

왕비는 시녀 요정들에게 이것저것 지시하며 잠잘 준비를 하고 있었습니다.

"너희는 장미 꽃봉오리에 붙어 있는 벌레를 잡고, 너희는 박쥐를 잡아 오너라. 날개를 벗겨 아이 옷을 만들어야겠다. 또 너는 밖을 지키면서 올빼미가 오면 쫓아 버려라. 밤마다 시끄럽게 울어 대서 한 번씩 잠을 깨게 한단 말이야."

몇몇 요정들이 명령을 받들러 나가자, 남아 있는 요정들은 왕비를 위해 자장가를 불렀습니다. 왕비는 아름답고 은은한 자장가 소리를 들으며 서서히 잠에 빠졌습니다.

자장가를 부르던 요정들까지 방을 나가자 왕이 슬며시 들어왔습니다. 왕은 왕비 곁으로 다가가 사랑의 꽃즙을 눈꺼풀에 조금 떨어뜨렸습니다. 그러고 나서 주문을 외웠습니다.

"그대, 잠에서 깨어나 처음 보이는 것을 사랑하리라!"

한편, 퍼크는 숲속을 이리저리 날며 왕이 말했던 젊은이들을 찾아다녔습니다. 그러다 한 나무 아래에서 아테네 옷을 입은 청년이 아름다운 아가씨 곁에 잠들어 있는 것을 발견했습니다. 퍼크는 아무런 의심 없이 그들이 왕이 말한 사람들일 거라고 생각했습니다.

두 사람은 세상 모르고 자고 있었습니다. 퍼크는 그들 위로 살며시 내려앉아 청년의 눈꺼풀에 사랑의 꽃즙을 살짝 발랐습니다.

그런데 퍼크가 발견한 젊은이들은 디미트리우스와 헬레나가 아니라 도망가다 지쳐서 잠이 든 라이산더와 허미아였습니다. 퍼크는 라이산더의 눈꺼풀에 즙을 발랐던 것입니다.

이러한 사실을 까맣게 모르는 퍼크는 자신이 맡은 바 임무를 다했다고 만족해 하며 왕에게 보고하러 날아갔습니다.

잠시 후 라이산더가 눈을 떴습니다. 그런데 그 자리에 디미트리우스를 쫓아 산속을 헤매던 헬레나가 나타났습니다.

라이산더는 눈을 뜨는 순간 헬레나를 보고 말았습니다. 사랑의 꽃즙은 당장 효력을 발휘했습니다. 라이산더가 헬레나를 보자마자 허미아에 대한 사랑은 깡그리 잊어버리고 헬레나에게 반해 버렸던 것입니다.

라이산더가 잠에서 깨어나면서 허미아를 먼저 보았더라면 퍼크의 실수도 별 문제가 되지 않았을 겁니다. 원래 라이산더는 허미아를 깊이 사랑하니까요. 그런데 이제 라이산더는 헬레나만을 생각하게 되었습니다.

헬레나는 자기를 떼어 버리고 달아난 디미트리우스를 열심히 뒤쫓았습니다. 그러나 남자의 빠른 발걸음을 가녀린 여자가 따라잡기란 힘든 일입니다. 그래서 그만 디미트리우스를 놓치고 이리저리 숲속을 헤매다 여기까지 오게 된 것이었습니다.

잠에서 깬 라이산더가 헬레나에게 사랑을 호소했습니다.

"오, 한낮의 태양보다도 더 빛나며, 밤하늘의 저 달빛보다도 더 찬란한 여인이여! 내 뜨거운 사랑을 받아 주시오."

디미트리우스를 찾아 헤매다 뜻밖에도 친구를 발견하여 기쁘게 달려왔던 헬레나는 그만 기겁을 하고 말았습니다. 허미아를 사랑하여 아테네에서 도망치려고까지 했던 라이산더가 갑자기 자신을 사랑한다고 하니 놀랄 수밖에요.

"라이산더, 제발 농담은 그만두세요. 전 지금 농담을 받아 줄 기분이 아니란 말이에요."

헬레나는 라이산더가 자기를 놀리는 것이라고 생각하고 이렇게 말했습니다. 그러나 라이산더는 들은 척도 안 하고 계속 헬레나를 칭찬하는 말만 했습니다.

"헬레나, 그대를 보면 꽃의 여왕이라는 장미도 부끄러워 꽃봉오리를 다물 것이오. 그대의 아름다움에 비하면 아무것도 아니라는 걸 스스로 느낄 테니까요."

"그만하라니까요. 당신한테는 허미아가 있잖아요!"

헬레나는 벌컥 화를 냈습니다.

"당신이 백조라면 허미아는 까마귀에 불과하오."

그 말에 헬레나는 자리에 주저앉아 슬프게 탄식했습니다.

"정말 너무해. 이 사람 저 사람 날 업신여기고 놀려 대다니! 디미트리우스한테 당한 것도 서러운데 이제는 라이산더까지 날 조롱해. 이봐요, 라이산더, 왜 날 놀리는 거예요? 당신은 신사인 줄 알았는데 이제 보니 형편없군요."

그리고 나서 헬레나는 라이산더를 뿌리치고 저쪽으로 달아났습니다. 라이산더는 헬레나의 이름을 부르며 그 뒤를 쫓아갔습니다.

잠시 후 허미아가 잠에서 깨어났습니다. 주위를 둘러보니 라이산더는 온데간데없고 어둡고 썰렁한 숲속에 자기 혼자만 있었습니다. 갑자기 무서워진 허미아는 바로 라이산더를 찾아 나섰습니다.

한편, 디미트리우스는 헬레나를 떼어 버리고 허미아를 찾아 온 숲을 헤매었습니다. 그러나 숲이 워낙 넓어서 쉽게 찾을 수가 없었습니다. 날이 저물자 디미트리우스는 피곤에 지쳐 아무 데나 쓰러져 잠이 들었습니다. 마침 왕비의 침실에 갔다 오던 오베론 왕이 디미트리우스를 발견했습니다.

"응? 아까 그 젊은이네! 퍼크 녀석이 아직 일을 하지 않은 모양인데……."

왕은 퍼크가 실수를 저지른 것을 몰랐기 때문에 자신이 직접 디미트리우스의 눈꺼풀에 꽃즙을 떨어뜨렸습니다. 그리고 나서 유유히 사라졌습니다.

조금 있으려니 헬레나가 씩씩거리며 나타났습니다. 라이산더의 행동에 분이 풀리지 않았기 때문입니다. 그러다 디미트리우스가 잠들어 있는 것을 보고는 반가워서 그를 흔들어 깨웠습니다.

"디미트리우스, 겨우 찾았군요. 어서 일어나세요."

디미트리우스는 자신을 깨우는 소리에 놀라 눈을 떴습니다. 그는 눈앞에 있는 헬레나를 보고 갑자기 사랑에 빠졌습니다.

"오, 헬레나! 어디 갔다가 이제야 왔소? 내가 얼마나 당신을 사랑한다고!"

당연히 큰 소리로 구박할 줄 알았던 디미트리우스가 이렇게 나오자 헬레나는 또다시 멍해졌습니다.

"예? 날 사랑한다고요? 디미트리우스, 아직 잠이 덜 깬 건가요? 아니면 날 허미아로 착각하는 건가요?"

헬레나는 도저히 믿을 수 없다는 얼굴로 디미트리우스를 쳐다보았습니다.

"천만에요. 난 분명 당신, 헬레나를 사랑해요. 당신을 위해서라면 불구덩이에라도 뛰어들겠소."

헬레나는 기뻐해야 할지 어찌해야 할지 몰라 어리둥절한 채 서 있었습니다. 그때 헬레나를 쫓아온 라이산더가 나타났습니다.

"헬레나, 제발 날 피하지 말아요. 당신을 얼마나 사랑한다고요."

한쪽에서는 라이산더가, 또 한쪽에서는 디미트리우스가 헬레나에게 질세라 열렬히 사랑을 고백했습니다. 헬레나는 그 가운데에 서서 어쩔 줄 몰라 했습니다.

뒤이어 나타난 허미아가 그 광경을 보고 까무러칠 듯 놀랐습니다. 조금 전까지만 해도 자신을 사랑한다고 맹세했던 두 남자가 갑자기 헬레나를 사이에 두고 실랑이를 벌이고 있으니 말입니다.

허미아는 세 사람이 짜고 자신에게 장난을 치는 게 아닐까 생각했습니다. 그래서 라이산더에게 말했습니다.

"라이산더, 숲속에다 나만 혼자 남겨 놓고 사라지면 어떻게 해요? 무서워서 혼났잖아요. 그리고 이건 또 무슨 장난이죠? 이제 그만두고 어서 길을 떠나요. 이러다간 몇 날 며칠이 걸려도 숙모님 댁에 도착하지 못하겠어요."

그러나 라이산더는 헬레나만 바라볼 뿐, 허미아의 말에는 대꾸도 하지 않았습니다.

허미아는 참을 수가 없었습니다. 그래서 이번에는 헬레나를 보고 말했습니다.

"헬레나, 넌 참 좋겠구나. 네가 쫓아다녔던 디미트리우스뿐만 아니라 이젠 라이산더의 사랑까지 얻게 됐으니 말이야."

헬레나는 허미아와 두 남자가 짜고 자기를 놀리는 것만 같아서 이 말에 화가 치밀었습니다.

"허미아, 무슨 말을 그렇게 하니? 너야말로 그럴 수 있어? 네가 라이산더와 디미트리우스를 꼬셔서 내게 거짓말로 사랑을 고백하라고 시켰지? 날 놀리려고 말이야. 그렇지 않고서야 날 거들떠보지도 않던 사람들이 갑자기 내게 천사니 보물이니 여신이니 하면서 따라다닐 리가 없어."

"뭐? 그게 친구를 배신해 놓고 할 소리니? 난 여지껏 너를 제일

친한 친구라고 믿었어. 그래서 어떤 일든지 너에게 얘기하고 상의
했는데……, 그 보답이 겨우 이거야?"

"기가 막혀. 끝까지 잡아뗄 모양이네. 친구라면서 그렇게 날 웃
음거리로 만들고 싶니?"

"참 뻔뻔하기도 하다. 남의 애인을 빼앗아 놓고 어쩌면 그렇게
시치미를 떼니?"

허미아와 헬레나는 이렇게 목소리를 높여 말다툼을 했습니다.
그러는 동안 옆에서는 라이산더와 디미트리우스가 헬레나를 놓고
입씨름을 하고 있었습니다.

"라이산더, 헬레나를 포기하고 어서 꺼져 버려."

"흥, 천만에! 난 절대 헬레나를 놓칠 수 없어. 너야말로 혼쭐나기
전에 순순히 물러나라."

"어림없는 소리!"

"좋다, 그러면 결투를 할 수밖에! 여기는 장소가 비좁으니 저쪽
넓은 공터로 가서 당당히 결투를 하자. 이기는 사람이 헬레나를 차
지하는 거다."

"좋아, 가자!"

라이산더와 디미트리우스는 다투고 있는 허미아와 헬레나를 남
겨 놓고 결투할 장소를 찾아 어디론가 갔습니다.

이 어처구니없는 소동을 일으킨 오베론 왕은 숨어서 이 광경을
다 지켜보았습니다.

왕은 뒤늦게 퍼크의 보고를 받고 뭔가 일이 꼬였음을 알아차렸습니다. 그래서 다시 젊은이들을 찾아왔던 것입니다. 왕은 일이 자기 생각과 전혀 다르게 진행되자 매우 난처했습니다. 어찌해야 좋을지 한참을 고민하던 왕이 퍼크에게 말했습니다.

"퍼크, 봐라. 네가 일을 엉터리로 처리해서 엉망이 되었잖느냐? 혹시 일부러 장난친 것이냐?"

"아, 아니에요. 전 모르고 실수한 것뿐이에요. 두 청년이 모두 아테네 옷을 입고 있잖아요. 그러니 제가 누가 누군지 어떻게 알 수 있었겠어요."

퍼크는 난처해 하며 변명을 했습니다.

"그래, 그건 그렇지. 그나저나 대체 이 일을 어떻게 수습하지? 아무 죄도 없는 젊은이들이 괜한 다툼을 하고 있으니……."

"그래도 재미있지 않습니까? 애들처럼 티격태격하는 게……."

장난꾸러기 요정답게 퍼크가 짓궂은 표정을 지으며 말했습니다. 그러나 왕은 자신이 벌여 놓은 일이라 어떻게든 좋게 해결하고 싶었습니다.

"퍼크, 우선 라이산더와 디미트리우스의 결투부터 말려야겠다. 너는 지금 당장 두 사람을 따라가거라. 한 치 앞도 내다볼 수 없게 짙은 안개를 피워서 두 사람이 싸우려고 해도 상대를 알아보지 못하고 찾아 헤매도록 만들어. 그런 다음에는 라이산더의 목소리를 흉내 내서 디미트리우스를 놀리고, 또 라이산더에게 가서 디미트리우스의 목소리로 그를 욕하는 거지. 두 사람이 더욱 화가 나서 싸우려고 서로를 찾으면, 그때 서로 반대 방향으로 두 사람을 유도해서 되도록 멀리 떨어뜨려 놓아라. 네가 한참을 그렇게 끌고 다니면 금세 피로해져서, 둘은 곧 쓰러져 잠들 것이다. 그 사이에 라이산더 눈에다 사랑의 꽃즙을 발라 주는 거지. 그가 다시 깨어나면 원래대로 허미아를 사랑하게 될 테고, 허미아와 헬레나는 각자 자기가 사랑하는 사람을 차지하게 되겠지. 자, 퍼크, 어서 가서 실행에 옮겨라. 이번에는 실수하면 안 된다, 알았지?"

"예."

왕의 명령에 퍼크는 또다시 자신 있게 대답하고 쌩하니 날아갔습니다.

"자, 이제 나는 왕비한테로 가 봐야겠는걸. 지금쯤은 약효가 나타났을 테니까."

왕은 왕비한테로 발길을 돌렸습니다.

왕비는 그때까지도 세상 모르고 자고 있었습니다. 그런데 왕비의 침실 옆에는 한 어릿광대가 숲에서 길을 잃고 헤매다가 잠들어 있었습니다.

왕은 어릿광대를 보자 얼굴에 살풋 미소가 떠올랐습니다.

'그래, 저 녀석을 왕비의 애인으로 만들어야겠다.'

왕은 어릿광대에게 징그러운 당나귀 탈을 씌웠습니다.

'자, 이제 저만큼 물러나서 어떤 일이 벌어질지 지켜볼까?'

왕은 왕비가 골탕먹는 모습이 보고 싶어 서둘러 자리를 피했습니다.

잠시 후 왕비가 잠에서 깨어 눈을 떴습니다. 왕비는 침대 밑에서 자고 있는 어릿광대를 보자마자 약효대로 그를 사랑하게 되었습니다. 징그러운 당나귀 탈도 왕비의 눈에는 멋지게만 보였습니다.

왕비는 황홀한 듯 감탄하며 말했습니다.

"어쩌면 이렇게 잘생겼을까? 아마 이분은 아름다운 외모에 못지게 지혜롭고 용감한 분일 거야."

이 소리에 어릿광대가 잠을 깼습니다. 그는 자기 머리에 당나귀 탈이 씌워진 줄도 모르고 두리번거리며 주위를 살폈습니다.

어릿광대는 넋이 나간 듯 자신을 쳐다보고 있는 왕비를 보자 당황하여 안절부절못했습니다.

왕비는 그런 어릿광대가 못 견디게 사랑스러워 보였습니다.

"참 순진하고 꾸밈없는 분이군요. 전 당신이 정말 좋아요. 영원히 제 곁에 있어 주세요."

"아, 안 됩니다. 전 빨리 일행을 찾아야 해요. 제가 없으면 극단이 공연을 못 해요. 제가 손님을 끌어모으거든요."

"전 당신을 절대로 보내지 않겠어요. 전 당신이 원하는 것은 뭐든지 해 드릴 수 있어요. 보세요."

그러면서 왕비는 요정들을 불렀습니다.

"완두콩아, 거미줄아, 나방아, 겨자씨야, 이리 와서 이분을 모셔

라. 이 어른께서 산보하실 때는 앞에서 깡충깡충 춤을 춰 기쁘게 해 드리고, 포도와 살구를 따다가 잡수시게 해 드려라. 자, 아름다운 당나귀님, 이제 내 곁으로 오세요. 당신의 그 복슬복슬한 털을 한번 만져 보고 싶네요."

그러자 당나귀 탈을 쓴 어릿광대가 갑자기 우쭐해져서 요정들을 불러 이것저것 지시를 내렸습니다.

"너는 이리 와서 내 머리를 긁어라. 머리통이 가려워 죽을 지경이다. 그리고 너는 꿀벌에게 가서 달콤한 꿀을 얻어 오너라."

"예, 예."

어릿광대는 신이 났습니다. 어여쁜 왕비에다 요정들이 다 자기의 말대로 움직여 주니까요. 그는 한 술 더 떠서 말했습니다.

"아흠, 이제 졸려 죽겠는걸. 잠을 자야겠으니 너희는 그만 물러가거라."

어릿광대가 크게 하품을 하자, 왕비는 요정들을 물리치며 그에게 다정하게 말했습니다.

"자, 제 팔에 안겨 주무세요. 제가 아름다운 자장가를 불러 드릴게요."

그러자 곧 어릿광대는 왕비의 품에 안겨 세상 모르고 잠이 들었습니다.

이때 숨어서 지금까지의 광경을 지켜보던 왕이 불쑥 왕비 앞으로 나섰습니다.

"아니, 이게 무슨 짓이오? 남편 몰래 당나귀 같은 천한 것과 연애를 해?"

왕비는 왕이 갑자기 나타나자 어디로 어릿광대를 숨길 새가 없었습니다. 뭐라고 변명할 여지도 없었습니다.

왕은 계속 왕비를 놀려 댔습니다.

"아이고, 맙소사. 명색이 요정의 여왕이면서 징그럽고 게으른 당나귀를 좋아할 수 있소? 부끄럽지도 않나 보지? 남이 알면 얼마나 비웃을까? 가서 동네방네 소문을 내야겠군."

"제발 그만두세요."

왕비는 왕의 말에 쩔쩔맸습니다. 왕은 기회다 싶어 드디어 본론을 꺼냈습니다.

"당신이 기르고 있는 사람의 아이를 내게 주시오. 그러면 내 이번 일은 눈감아 주리다."

왕비는 어떻게든 빨리 왕을 쫓아 버리고 싶었습니다. 그래서 왕의 요청을 들어주기로 했습니다.

왕은 자신이 원하는 대로 아이를 얻게 되자 왕비를 그만 골려야겠다고 생각했습니다. 한편으로는 자신의 장난 때문에 흉측한 당나귀를 좋아하게 된 왕비가 불쌍하기도 했습니다. 그래서 왕비의 눈에다 다른 꽃즙을 발라 주었습니다.

곧 왕비가 제정신으로 돌아왔습니다. 왕비는 자신의 무릎을 베고 잠들어 있는 당나귀를 보자 기겁을 하고 놀랐습니다.

왕비는 얼른 당나귀를 밀어 내며 소리쳤습니다.

"아이, 망측해라. 세상에 저런 바보 같은 당나귀에게 내가 반하다니!"

왕비는 펄펄 뛰며 당나귀를 밀쳐 냈습니다. 당나귀 탈을 쓴 채 곤히 잠들었던 어릿광대가 놀라서 눈을 떴습니다.

그는 잠이 덜 깬 눈으로 왕비를 바라보다 당장에 내쫓기고 말았습니다. 아직도 무슨 영문인지 감을 잡지 못한 어릿광대는 엉거주춤 머뭇거리다가 슬금슬금 달아났습니다.

그제야 왕비는 왕을 보고 사과를 했습니다.

"여보, 정말 부끄러워요. 그동안 제가 너무 고집을 부렸나 봐요. 용서해 주세요."

"무슨 소릴……. 나도 너무 내 주장만 피워 미안했소. 우리 지난 일은 모두 잊어버립시다."

이렇게 해서 요정 나라의 오베론 왕과 티타니아 왕비는 다시 사이가 좋아졌습니다.

이때 퍼크가 날아왔습니다.

"폐하, 여기 계셨군요. 한참 찾았습니다."

"오, 퍼크로구나. 그래, 내 명령은 실수 없이 실행했겠지?"

"물론이지요. 실수를 만회하기 위해서 분부대로 안개 속을 이리 저리 뛰어다니며 라이산더와 디미트리우스를 따로 떼어 놓았어요. 그리고 두 아가씨까지 꾀어서 한데 모아다 잠재웠지요."

그러자 왕비가 궁금하다는 듯이 왕에게 물었습니다.

"아니, 당신 또 무슨 일을 꾸미고 계신 모양이군요. 도대체 이번에는 무슨 일이에요? 저에게도 좀 알려 주세요."

"왕비, 실은 이 숲속에서 재미있는 사랑싸움이 벌어졌다오. 한 아가씨를 놓고 두 청년이 다투고 있는데 내가 좀 도와주었지. 중간에 약간의 실수가 있어서 뒤죽박죽이 되긴 했지만 이제는 다 잘 풀릴 거요."

왕은 지금까지의 일을 신나게 왕비에게 들려주었습니다. 왕비도 아주 재미있다는 듯 왕의 말에 귀를 기울였습니다.

"그런 일이 있었군요. 저도 그 젊은이들을 한번 만나고 싶네요."

"그렇다면 지금 그 젊은이들이 있다는 곳으로 함께 갑시다. 결말을 지켜봐야지."

왕과 왕비는 퍼크를 앞세우고 네 사람이 잠들어 있는 곳으로 향했습니다.

한여름 밤의 꿈

　네 명의 젊은이들은 어느 풀밭에 따로따로 떨어져 잠들어 있었습니다.

　퍼크는 라이산더의 눈꺼풀에다 사랑의 꽃즙의 효력을 풀어 줄 다른 꽃즙을 살짝 떨어뜨렸습니다. 그런 뒤 왕과 왕비와 함께 일이 어떻게 진행되는지 지켜보기 위해 몸을 숨겼습니다.

　잠시 후 가장 먼저 허미아가 잠에서 깨어났습니다. 그녀는 눈을 비비며 주위를 둘러보았습니다. 라이산더가 바로 자기 곁에 잠들어 있는 것이 눈에 들어왔습니다.

　허미아는 곁의 라이산더를 내려다보며 생각했습니다.

　'아, 어째서 갑자기 라이산더의 마음이 변했을까? 죽도록 사랑해서 함께 도망치기로 약속까지 했던 사람인데⋯⋯. 이 모두가 정말

나쁜 꿈이라면 좋겠어.'

허미아가 긴 한숨을 내쉬는데 라이산더가 눈을 떴습니다. 라이산더는 허미아를 보자 반갑게 일어나 그녀의 손을 잡았습니다. 라이산더에게 퍼졌던 꽃즙의 약효가 풀렸기 때문에 그는 원래대로 허미아를 사랑하게 된 것입니다.

허미아는 라이산더가 또 자신을 놀리는 게 아닌가 싶어 그저 잠자코 있었습니다. 라이산더가 허미아에게 예전처럼 다정한 목소리로 말했습니다.

"허미아, 이게 어떻게 된 일이지? 우리가 왜 지금 여기 있는 거요? 빨리 아테네를 벗어나지 않으면 당신 생명이 위험하오."

그제야 허미아도 입을 열었습니다.

"라이산더, 어떻게 된 일인지는 제가 묻고 싶어요. 당신은 갑자기 헬레나를 사랑한다고 하면서 나는 거들떠보지도 않았잖아요. 도대체 왜 그랬어요? 저를 사랑하는 게 진심인가요, 아니면 헬레나를 사랑하는 게 진심인가요?"

"무슨 소리요? 난 헬레나에 대해서는 결코 생각해 본 일조차 없소. 난 허미아 당신만을 사랑해."

라이산더가 진심 어린 목소리로 외치자 허미아는 비로소 마음이 풀어졌습니다.

"라이산더, 난 정말로 당신 마음이 변해 버린 줄 알았어요. 다시는 그런 장난을 치지 마세요."

"정말 나도 내가 왜 그랬는지 모르겠군."

라이산더와 허미아가 이렇게 화해를 하고 있는 동안에 헬레나와 디미트리우스도 잠에서 깨어났습니다.

헬레나는 라이산더가 다시 허미아와 좋아진 것을 보고 마음이 놓였습니다. 아까는 허미아와 라이산더에게 무척 화가 났지만 한잠 자고 나니 너그러운 마음이 생긴 것 같았습니다. 헬레나는 두 사람이 잠시 자기에게 장난친 걸로 생각하고 웃어 넘기기로 했습니다.

한편 디미트리우스에게 씌워진 꽃즙의 약효는 그대로였습니다. 그래서 디미트리우스는 잠에서 깨어나서도 헬레나에 대한 사랑을 열렬히 부르짖었습니다.

"나의 천사, 나의 요정 헬레나여! 진심으로 당신을 사랑합니다."

헬레나는 처음 얼마간은 계속 디미트리우스가 자신을 업신여겨 조롱한다고 생각했습니다. 그러나 조금씩 그의 말을 받아들였습니다. 디미트리우스의 말하는 태도나 표정이 무척이나 진지했기 때문입니다.

헬레나는 조심스럽게 디미트리우스에게 물었습니다.

"디미트리우스, 정말 당신 말을 믿어도 될까요? 예전처럼 쉽게 변하시는 건 아니에요?"

그러자 디미트리우스는 손사래를 치며 외쳤습니다.

"하늘에 맹세코 절대로 그런 일은 없을 겁니다. 내가 어떻게 당신을 사랑하지 않을 수 있겠습니까?"

헬레나의 얼굴에 드디어 만족스런 미소가 피어 올랐습니다.

그런 헬레나를 쳐다보던 디미트리우스는 뛸 듯이 기뻐하며 그녀
를 와락 껴안았습니다. 허미아와 라이산더, 헬레나와 디미트리우
스 네 사람은 빙 둘러서서 그동안의 일을 사과하고 서로의 일들을

축하해 주었습니다.

먼저 헬레나가 말했습니다.

"허미아, 아까 미안했어. 정말 난 세 사람이 짜고 날 놀리는 줄 알았거든. 그래서 정말 화가 났었어."

"아니야, 헬레나. 나도 라이산더가 갑자기 이상하게 나오는 바람에 제정신이 아닌 상태에서 네게 너무 심한 말을 했던 것 같아. 진심으로 사과할게. 우리 모두 한바탕의 나쁜 꿈을 꾼 거라고 생각하고 다 잊어버리자."

허미아와 헬레나는 이제 서로 다투던 사랑의 적수에서 다시 정다운 친구로 돌아왔습니다.

라이산더와 디미트리우스도 그동안의 경쟁 관계를 털어 버리기로 했습니다.

"디미트리우스, 자네 마음이 다시 헬레나에게로 돌아가서 정말 다행이네. 그렇지 않았다면 끝까지 결투를 벌여 우리 두 사람 중 누가 죽었을지도 모르잖아."

"정말 그래, 라이산더. 그리고 내가 자네와 허미아 사이를 질투해서 괜히 두 사람 처지를 어렵게 만든 것 같아 미안하네. 그나저나 이제 어떻게 할 텐가? 계속 숙모님 댁을 찾아갈 텐가?"

"그래야겠지. 이곳에 있다간 허미아가 사형을 당할 수밖에 없으니까."

네 사람은 잠시 생각에 잠겼습니다. 꼬였던 사랑의 끈은 풀렸지만 아직 허미아의 문제가 남아 있었습니다.

그때 디미트리우스가 좋은 생각을 해냈습니다.

"내가 지금 아테네로 돌아가서 허미아의 아버님을 만나 뵙는 게 좋겠어. 더 이상 허미아와 결혼할 생각이 없으며, 헬레나를 사랑하고 있다고 솔직하게 말씀드려야 할 것 같아. 그러면 이지우스 어른의 생각도 달라지겠지."

나머지 사람들도 디미트리우스의 생각에 찬성했습니다. 그리고 다 함께 아테네로 돌아갔습니다.

네 명의 젊은이가 사이좋게 돌아가는 뒷모습을 바라보며 요정 나라의 왕과 왕비는 흐뭇한 미소를 지었습니다.

"어떻소, 왕비? 말썽 많던 사랑싸움이 다 잘 해결되었지? 이 모든 것이 다 내가 노력한 덕이라오."

"정말 다행이에요. 당신, 모처럼 좋은 일을 하셨군요."

"어, 저는 쏙 빼놓으실 건가요? 중간에서 땀 뻘뻘 흘리며 일을 한 게 누군데요?"

퍼크가 끼어들며 말했습니다. 그러자 왕이 부드러운 미소로 그를 칭찬했습니다.

"아, 퍼크가 있었지? 그래, 너도 참 수고했다. 실수를 하긴 했지만 좋은 일엔 언제나 어려움이 있는 법이니까. 자, 우리도 돌아가자. 저 젊은이들 일은 이제 우리가 도와주지 않아도 잘 풀릴 거야."

장난꾸러기 퍼크는 모처럼 칭찬을 듣고는 신이 나서 앞장서 날

아갔습니다. 그 뒤를 요정 나라의 왕과 왕비가 다정하게 손을 꼭 붙잡고 따라갔습니다.

아테네에 돌아온 네 사람은 곧장 허미아의 집으로 갔습니다. 허미아의 아버지 이지우스 노인은 딸이 밤에 몰래 집을 나간 것을 알고 노발대발하고 있었습니다. 마침 그때 허미아가 라이산더와 함께 나타나자 그가 더욱 화를 내며 딸에게 소리를 질렀습니다.

"이런 못된 것 같으니! 아버지 명령을 거역하고 기어이 다른 사내놈과 도망을 쳐?"

라이산더와 디미트리우스가 급히 이지우스 노인을 붙들어 말렸습니다. 그러고 나서 디미트리우스가 정중하게 말을 꺼냈습니다.

"이지우스 어른, 제 말씀 좀 들어주십시오. 저는 허미아와 결혼하지 않겠습니다. 제가 사랑하는 사람은 허미아가 아니라 헬레나입니다. 저는 곧 헬레나와 결혼할 것입니다. 그러니 허미아를 야단치지 마시고 라이산더와 결혼하도록 허락하시지요."

디미트리우스가 이렇게 나오자 이지우스는 그만 할 말을 잃었습니다. 신랑 될 사람이 청혼을 거절한 것과 마찬가지니까요. 그는 한동안 잠자코 있다가 허미아에게 말했습니다.

"그럼, 나도 더는 강요할 수가 없구나. 이제 네 마음대로 해라. 나는 가서 재판을 취소하고 와야겠다."

네 사람은 동시에 만세를 불렀습니다. 행복에 겨운 마음이 그들의 얼굴에 숨김없이 드러났습니다.

라이산더는 당장에 허미아를 신부로 맞고 싶었습니다. 그래서 생각 끝에 허미아에게 말했습니다.

"허미아, 우리 더 기다리지 말고 결혼합시다. 아버님께서도 허락하셨으니 문제될 게 뭐겠소. 마음 같아서는 지금이라도 당장 결혼식을 올리고 싶지만 그건 불가능하고, 나흘 뒤에 하는 것이 좋을 것 같소."

"왜 하필 나흘 뒤예요?"

허미아가 이상하다는 눈빛으로 물었습니다. 라이산더는 웃음 띤 얼굴로 그녀를 바라보았습니다.

"당신 벌써 잊었소? 당신이 나를 버리지 않으면 나흘 뒤에 사형을 당하기로 되어 있었잖소."

허미아는 그제야 알겠다는 듯 고개를 끄덕였습니다.

"헬레나, 그러면 우리도 그날 결혼식을 올립시다."

디미트리우스도 그렇게 제안했습니다.

이렇게 해서 네 젊은이는 짓궂게도 허미아가 사형을 당했을지도 모르는 날을 택해 결혼식을 올렸습니다.

많은 아테네 사람들이 이들의 결혼을 축하해 주었습니다. 아테네의 왕도 골치 아프던 소송이 해결되어 기뻤습니다.

이들의 결혼식이 있던 날, 요정 나라에서도 성대한 잔치를 벌였답니다. 그리고 네 사람의 행복한 앞날을 진심으로 기원했습니다.

십이야

늘 붙어 다니던 쌍둥이 남매가 어느 날
조난을 당합니다. 서로의 생사도 모른 채 낯선 땅에
떨어진 두 사람. 그들은 과연 다시
만나게 될까요?

헤어진 쌍둥이 남매

　메살린이라는 곳에 세바스찬과 바이올라라는 쌍둥이 남매가 살았습니다. 그들은 남자 여자 쌍둥이였지만 생김새가 정말 똑같았습니다. 옷차림을 같게 하면 누가 누군지 부모조차도 분간을 할 수가 없었습니다. 두 사람은 항상 같이 붙어 다녔고 남들이 시샘할 정도로 사이가 좋았습니다.

　그러던 어느 날 세바스찬과 바이올라는 함께 바다로 여행을 떠났습니다. 배가 출항하던 날은 날씨가 무척 맑았습니다. 바람도 선선하고 부드럽게 불었습니다. 그래서 사람들은 이번 여행길이 매우 쾌적하고 즐거운 시간이 될 거라고 기대에 부풀었습니다. 세바스찬과 바이올라도 마찬가지였습니다. 두 사람은 뱃전에 기대어서서 차츰 멀어지는 메살린의 부두를 바라보았습니다.

"오빠, 난 자꾸만 가슴이 설레. 우리가 이렇게 배를 타고 멀리 가 보는 것은 처음이잖아."

바이올라가 세바스찬을 보고 환한 미소를 지으며 말했습니다. 세바스찬 역시 기분 좋은 얼굴로 맘껏 하늘을 보며 말했습니다.

"나도 이번 여행에 기대가 커, 바이올라. 끝없이 펼쳐지는 바다를 보며 앞으로의 내 장래도 생각해 보고, 여러 가지 새로운 것도 배우고 싶어."

처음 하룻동안은 모든 것이 순조롭게 진행되었습니다. 그런데 그 이튿날부터 갑자기 날이 흐려졌습니다. 그렇게 맑고 파랗던 하늘에 어느 새 몰려왔는지 검은 먹구름이 가득 드리워졌습니다. 상쾌하게 느껴지던 바람도 차츰 매서워지고 파도도 높게 일렁이기 시작했습니다. 그러다 밤이 되자 드디어 세찬 비와 함께 폭풍이 몰아쳤습니다. 시간이 흐를수록 비바람은 더욱 거세졌고 배가 심하게 흔들렸습니다. 배 안에 타고 있던 사람들은 불안한 마음에 어쩔 줄 모르고 갈팡질팡했습니다.

그때 갑자기 '쾅' 하는 엄청난 소리가 들려왔습니다. 그리고 모든 사람들은 순간 정신을 잃었습니다. 배가 거대한 암초에 부딪혀 산산조각이 나 버린 것입니다.

배에 탔던 사람 중에서 목숨을 건진 사람은 선장을 비롯해서 불과 몇 명뿐이었습니다. 그들은 배가 부서지자 배의 파편을 붙들고 끝까지 매달려 있다가 살아난 것입니다. 폭풍우가 가라앉자 그들

은 지나가던 배에 의해 무사히 구조되었습니다.

　이렇게 살아남은 사람 중에는 바이올라도 끼여 있었습니다. 그러나 바이올라는 하나도 기쁘지 않았습니다. 오빠 세바스찬의 생사를 알 길이 없었기 때문입니다.

　바이올라는 배에서 내려서도 세바스찬 생각에 슬픈 표정이 가시지 않았습니다. 그런 바이올라를 선장은 매우 딱하게 여겼습니다. 그래서 바이올라를 따뜻하게 위로해 주었습니다.

"이봐요, 아가씨. 너무 슬퍼하지 말아요. 사납던 폭풍우 속에서 이렇게 살아난 것도 모두 하늘의 축복이 아니겠소? 그런데 계속 울적해 있으면 되겠어요?"

"알아요. 하지만 오빠 걱정에 마음이 놓이지 않아요."

"그렇다면 걱정하지 말아요. 내가 파도에 떠다니면서 언뜻 당신의 오빠를 보았어요. 부러진 돛대에 몸을 단단히 붙들어 매고 있었어요. 나중에 멀리 흘러가서 어떻게 되었는지는 알 수 없으나 그렇게 계속 바다에 떠다녔다면 분명 목숨을 건졌을 거요."

그러자 바이올라의 두 눈이 커다래졌습니다.

"그게 정말이에요? 정말 우리 오빠였어요?"

"분명해요. 당신 둘은 꼭 닮은 쌍둥이잖아요. 그래서 배에 탈 때부터 얼굴을 확실히 봐 두었죠. 자, 그러니 이제 안심해요."

선장은 다정한 목소리로 바이올라를 안심시켰습니다. 바이올라는 선장의 말을 믿기로 했습니다. 어디인지는 몰라도 오빠가 살아있다는 확신만으로도 마음이 한결 놓였습니다.

그런데 바이올라에게는 또 다른 근심이 생겼습니다. 지금 자기가 생전 처음 보는 낯선 곳에 있다는 걸 깨달은 것입니다.

자신을 비롯해 난파당한 사람들을 구조해 준 배는 일행을 일리리어라는 곳에 내려 주고 떠나 버렸습니다. 아는 사람도 하나 없는 이 타향에서 더구나 여자의 몸으로 어떻게 살아야 할지, 참으로 난감했습니다. 그래서 바이올라는 단 한 명 아는 사람인 선장에게 도움을 구해 보기로 했습니다.

"선장님, 이곳에 대해서 뭐 아는 게 있으세요? 전 처음 와 보는 곳이라서 앞으로 어떻게 하면 좋을지 잘 모르겠어요."

"그러세요? 전 이 고장에 대해서 잘 압니다. 여기서 세 시간도 안 걸리는 곳에서 태어났거든요."

선장이 이번에도 다정하게 대답했습니다. 바이올라는 한 가닥 희망을 걸며 계속 물었습니다.

"그럼, 누가 이곳을 다스리고 있나요?"

"오시노 공작이죠. 공작님은 위엄이 있으면서도 마음씨가 착하고 아량이 넓어서 모든 사람들의 존경을 받는답니다."

"어머, 저도 오시노라는 이름을 들은 적이 있어요. 전에 아버님께서 그 공작님에 대해서 말씀하셨거든요."

"요즘 오시노 공작님은 사랑에 빠져 있답니다. 올리비아 아가씨를 좋아해서 청혼을 했는데 거절을 당했다는군요. 올리비아는 백작의 따님인데, 백작은 일 년 전에 돌아가시고 그동안 오빠가 아가씨를 돌봐 주었죠. 그런데 그 오빠마저도 얼마 전에 그만 죽고 말았답니다. 올리비아 아가씨는 오빠를 잃은 슬픔 때문에 그 후 사람 만나기를 꺼리고 있대요."

선장의 얘기를 듣는 동안 바이올라는 올리비아라는 아가씨를 만나 보고 싶어졌습니다. 자신도 오빠를 잃은 슬픔을 갖고 있기 때문에 그 아가씨의 마음이 충분히 이해되었습니다. 그래서 선장에게 자신을 올리비아에게 소개시켜 달라고 부탁했습니다.

"선장님, 수고스러우시겠지만 올리비아 아가씨를 한 번 만나게 해 주세요. 올리비아 아가씨만 좋다면 계속 그 댁에 머물면서 아가씨 시중이나 들고 싶어요."

"글쎄요, 좀 어려울 것 같은데요. 올리비아 아가씨는 오빠가 죽은 이후로 어떤 사람도 만나기를 꺼려서 심지어는 공작님까지도 집 안에 들이지 않는대요."

"그래요?"

바이올라는 잠시 생각에 잠겼습니다.

'올리비아 아가씨의 하녀도 되지 못하게 생겼으니 어쩐담? 좋아, 그렇다면 오시노 공작의 하인으로 들어가자. 그러려면 여자의 몸으로는 곤란하겠지. 그래, 남장을 하는 거야. 어차피 낯선 땅에서 살아가자면 여자보다는 남자가 편할 테니까, 이번 기회에 남자 행세를 해야겠어.'

바이올라는 이런 계획을 선장에게 솔직하게 털어놓았습니다. 지금까지 선장의 점잖고 친절한 행동으로 보아 그를 믿을 수 있다고 판단했기 때문입니다.

"선장님, 한 번만 더 저를 도와주세요. 저에게 남자 옷을 구해다 주세요. 그리고 절 오시노 공작님께 남자로 소개시켜 주세요."

선장은 기꺼이 바이올라의 부탁을 들어주었습니다.

사랑에 빠진 사람들

공작과 만나게 된 바이올라는 남자처럼 씩씩하면서도 예의 바르게 인사했습니다.

"안녕하십니까, 공작님? 전 세자리오라고 합니다. 공작님의 명성을 듣고 가까이서 모시고 싶어 이렇게 찾아왔습니다."

공작은 바이올라의 잘생긴 외모와 훌륭한 태도가 첫눈에 마음에 들었습니다. 그래서 당장 바이올라를 곁에 두기로 결정했습니다.

바이올라는 공작의 기대대로 자신이 맡은 바 일을 아주 잘 해내었습니다. 공작에게도 정성을 다해 충실히 섬겼습니다.

공작은 점점 더 바이올라를 믿고 아끼게 되었습니다. 그러다 차츰 자신의 속마음까지 털어놓았습니다.

"세자리오, 너처럼 믿음직한 시종을 두게 되어 몹시 기쁘다. 어떤 때는 꼭 내 친구 같아. 앞으로도 계속 내 곁에 있어 주었으면 좋겠구나."

"물론입니다, 공작님. 저도 공작님 곁에 있는 게 즐겁습니다. 그런데 공작님, 무슨 고민이라도 있으세요? 말씀은 그렇게 하셔도 얼굴빛이 안 좋으신데요."

"휴우, 맞아, 세자리오. 난 요새 살맛이 안 나. 너도 들어서 알고 있을지 모르지만, 난 올리비아라는 아가씨를 사랑하고 있어. 아주 오래 전부터 그녀에게 사랑을 호소하고 갖은 노력을 다했지만 올리비아는 계속 나를 거절했어. 요즘에는 아예 내 모습도 보기 싫어해서 만나 주지도 않아."

공작은 몹시 괴로운 표정을 지었습니다.

그를 지켜보는 바이올라도 마음이 아팠습니다. 공작은 사랑하는 올리비아가 자신에게 계속 냉담하게 대했기 때문에 무척 상심해 있었습니다. 좋아하던 운동이나 사냥도 그만둔 지 오래였습니다. 그렇게 좋아하던 책도 읽지 않았습니다. 현명하고 학식 있는 친구들과의 사귐에도 시큰둥했습니다. 그저 하루 종일 감상적인 음악을 들으면서 시간을 보냈습니다. 그리고 세자리오에게 자신의 답답한 심정과 올리비아에 대한 사랑을 호소할 뿐이었습니다.

이렇게 곁에서 공작을 지켜보면서 말 상대가 되어 주는 동안, 바이올라는 공작의 고통이 자기의 고통처럼 느껴졌습니다. 그리고 차츰 오시노 공작이 올리비아 때문에 겪고 있는 것과 똑같은 아픔을 자신이 공작 때문에 겪게 되었다는 사실을 깨달았습니다. 바이올라는 혼자 있을 때면 탄식했습니다.

"세상에 공작님만큼 멋있고 훌륭한 분은 없어. 누가 보더라도 마찬가지일 거야. 그런데 왜 올리비아 아가씨는 공작님을 거절하는 거지? 젊고 늠름한 기상과 위엄, 따뜻한 마음씨를 모두 갖춘 공작님에게 어떻게 그처럼 오랫동안 무관심할 수 있을까? 공작님의 훌륭한 인격을 알아보지 못하는 아가씨라면 아무리 공작님이 사랑하셔도 난 좋아할 수가 없어."

그날도 공작은 바이올라를 붙들고 무심한 올리비아를 원망하고 있었습니다. 바이올라는 이번에야말로 공작의 어리석은 사랑을 깨우쳐 주어야겠다고 생각하고 말을 건넸습니다.

"공작님, 훌륭한 남자의 정성과 사랑을 알아보지 못하는 여자는 현명한 여자가 아닙니다. 만일 어떤 여자가 공작님이 올리비아를 사랑하듯 공작님을 사랑한다면 어떻게 하시겠습니까? 그리고 공작님이 그 여자를 사랑하실 수 없다고 하신다면 그 여자는 그것으로 만족해야만 합니까?"

"세자리오, 그런 일은 절대로 있을 수 없어. 어떤 여자라도 내가 올리비아를 사랑하는 만큼 나를 사랑할 수는 없을 거야. 왜냐하면 여자의 마음은 그렇게 넓고 깊은 사랑을 담을 수 있을 만큼 크지 않거든. 그러니 다시는 내 사랑과 여자의 사랑을 비교하지 말게."

항상 공작의 말을 따르던 바이올라였지만 이번만은 잠자코 수긍

할 수가 없었습니다. 자신이 공작을 사랑하는 마음은 공작이 올리비아를 사랑하는 마음에 결코 뒤지지 않는다고 자부할 수 있었기 때문입니다.

바이올라는 진지한 표정으로 공작의 말에 반박했습니다.

"그렇지 않습니다. 전 잘 알고 있습니다."

"네가 뭘 안다는 거냐?"

공작이 의외라는 듯 바이올라를 보며 물었습니다.

"여자가 얼마나 깊이 남자를 사랑할 수 있는지 저는 알고 있답니다. 여자도 남자처럼 진실한 마음을 가지고 있지요. 제가 아는 어떤 여자는 한 남자를 열렬히 사랑했습니다. 공작님께서 올리비아 아가씨를 사랑하는 것 이상으로요."

"그래? 지금 그 아가씨는 어떻게 되었지?"

"아가씨는 그 사랑을 혼자만 간직했답니다. 아무한테도 말하지 않았어요. 그 남자한테도요. 그렇게 마음 속으로만 애태우다 보니 자연히 병이 들었지요. 얼굴은 벌레가 장미를 갉아먹은 듯 상하게 되었고, 언제나 슬픔에 젖어 기운 없이 한숨만 쉬며 지냈지요."

"그러다 죽기라도 했단 말이냐?"

바이올라는 차마 그 물음에는 선뜻 대답할 수가 없었습니다. 지금까지의 말은 모두 자신의 심정을 빗대어 얘기했던 것이기 때문입니다. 그때 공작이 올리비아에게 보냈던 심부름꾼이 돌아왔습니다. 공작은 그 신하에게로 눈을 돌렸습니다.

"그래, 갔던 일은 잘되었느냐? 올리비아 아가씨가 뭐라고 하더냐?"

심부름 갔던 신하는 공작 앞에 정중히 머리를 조아리며 보고했습니다.

"저, 올리비아 아가씨는 만나 뵙지도 못했습니다. 단지 하녀가 나와서 전하는 말이, 올리비아 아가씨는 앞으로 칠 년 동안은 어느 누구의 앞에도 나타나지 않으실 거랍니다. 수녀처럼 베일로 얼굴을 가리고 다니며 죽은 오빠만 생각하실 작정이랍니다."

이 말을 듣고 공작이 감탄하며 말했습니다.

"아, 죽은 오빠에 대한 애정이 그토록 깊다니! 참으로 보기 드물

게 훌륭한 아가씨야."

그러고 나서 공작은 바이올라를 쳐다보며 말을 이었습니다.

"세자리오, 네게 부탁이 있다. 너는 내 마음을 잘 알고 있지 않느냐? 그동안 너에게 모든 걸 털어놓았으니까. 그러니 네가 직접 올리비아를 찾아가 날 대신해 사랑을 전해 주렴. 만나 주지 않겠다고 해도 물러나지 말고 끝까지 버텨라."

"만약 만나게 되면 뭐라고 합니까?"

"올리비아를 만나면 내 진실한 사랑을 열렬히 고백해 줘. 또 내가 올리비아 때문에 그동안 얼마나 괴로워하고 애를 태웠는지 자세히 설명하고. 그런 말을 전하는 데는 자네만 한 사람이 없어."

바이올라는 내키지 않았지만 주인의 명령이라 하는 수 없이 올리비아의 집으로 갔습니다. 가면서 속으로 생각했습니다.

'정말 딱한 신세구나. 공작을 사랑하면서도 다른 여자에게 공작의 사랑을 받아 달라고 부탁하러 가야 하다니!'

올리비아의 집에 도착하자 예상대로 하인이 바이올라를 들어가지 못하게 막았습니다.

"아가씨께서는 몸이 편찮으셔서 아무도 만나실 수 없습니다."

그러나 바이올라는 전혀 개의치 않고 말했습니다.

"예, 그런 줄 다 알고 왔습니다. 그러니 더욱 뵈어야겠습니다."

"글쎄, 안 된다니까요. 우리 아가씨께서는 지금 아무도 만나고 싶지 않다고 하셨어요."

"저를 만나 주실 때까지 여기서 꼼짝도 하지 않겠다고 전해 주세요. 이 문간에 두 발이 뿌리 내리는 한이 있어도 기다리겠다고요."

이렇게 한참을 옥신각신하다 결국 하인은 안으로 들어가 올리비아에게 말했습니다.

"아가씨, 밖에 오시노 공작님께서 보내신 심부름꾼이 와 있습니다. 그런데 제가 아무리 안 된다고 말해도 끄떡하지 않고 끝까지 아가씨를 만나 뵙겠다고 고집을 부리고 있습니다."

그리고 나서 하인은 방금 전 문간에서 있었던 대화를 그대로 전했습니다.

하인의 얘기를 다 듣고 난 올리비아는 그 심부름꾼이 도대체 어떤 사람인가 궁금해졌습니다. 지금까지는 자기가 만나고 싶지 않다고 하면 누구나 두말없이 물러갔습니다. 그런데 이번에 찾아온 하인은 사정을 하기는커녕 오히려 당당한 기세로 자기의 하인을 눌러 버린 것입니다.

올리비아는 베일로 얼굴을 가리고 나서 하인에게 말했습니다.

"좋다. 내가 그 사람을 한번 만나 봐야겠다. 가서 오시노 공작의 심부름꾼을 들여보내라."

곧이어 바이올라가 올리비아 앞에 섰습니다. 바이올라는 남자다운 씩씩한 걸음걸이로 들어와서는 올리비아에게 인사를 했습니다. 그리고는 공작의 심부름꾼답게 예의를 갖춰 말했습니다.

"안녕하십니까, 아름다운 아가씨? 저는 세자리오라고 하는데,

중대한 임무로 이렇게 찾아왔습니다. 아가씨가 분명 이 댁의 주인 아가씨가 맞습니까? 제가 드릴 말씀은 다른 사람에게는 전할 수 없는 것이라서요."

올리비아는 바이올라의 정중한 말솜씨와 그의 잘생긴 외모가 마음에 들었습니다. 그러나 겉으로는 냉랭하게 말했습니다.

"네, 내가 이 집의 주인입니다. 도대체 무슨 용건이 있으시기에 내 하인을 그렇게 당황하게 만드셨나요?"

상대가 올리비아인 것을 확인하자 바이올라는 그녀의 얼굴이 보고 싶어졌습니다. 얼마나 아름답길래 공작이 그토록 애태우는지 궁금했기 때문입니다. 그래서 역시 최고의 공손한 말투로 말했습니다.

"그러시다면 그 아름답고 훌륭하다는 얼굴을 한 번 보게 해 주십시오."

"당신 주인이 내 얼굴과 무슨 교섭을 하라던가요?"

자존심 강한 올리비아는 얼굴을 보여 달라는 바이올라의 말에 이렇게 대꾸했습니다. 그러나 이상하게도 그녀의 말에는 이제까지와는 다른 부드러움이 배어 있었습니다. 올리비아는 첫눈에 바이올라, 아니 세자리오에게 반했던 것입니다.

"올리비아 아가씨, 서로 얼굴을 마주 대고 얘기해야 진실된 마음이 통하는 법입니다."

바이올라가 다시 한 번 얼굴을 보여 달라고 하자 올리비아는 천

천히 베일을 걷어 올렸습니다. 칠 년 동안 베일을 쓰고 지내겠다고
결심했던 것을 까맣게 잊고 말입니다.

"자, 이제 됐나요? 내 얼굴을 본 소감이 어떤가요?"

올리비아가 베일을 걷고 말했습니다. 바이올라는 매우 놀랍다는
표정을 지으며 대답했습니다.

"자연스럽게 조화된 한 폭의 그림 같습니다. 맑고 커다란 두 눈,
오똑한 코, 붉은 입술. 세상의 그 어떤 것도 아가씨의 아름다움을
흉내 내지 못할 것입니다."

"흥, 허풍이나 떨라고 공작님이 당신을 보냈나요?"

올리비아는 톡 쏘듯 말했지만 결코 기분 나쁜 표정은 아니었습
니다.

바이올라가 계속 말했습니다.

"아가씨는 무척 아름다우시지만 자존심이 너무 강하군요. 그럼,
제가 찾아온 이유를 말씀드리지요. 오시노 공작님께서는 아가씨에
대한 사랑 때문에 눈물과 한숨의 나날을 보내고 계십니다. 제발 그
분의 사랑을 받아 주십시오."

바이올라는 가슴이 미어지는 듯 아팠습니다. 이런 말을 해야 하
는 자신의 처지가 너무 슬펐습니다.

올리비아는 바이올라의 간곡한 부탁에도 불구하고 여전히 싸늘
한 목소리로 대답했습니다.

"나는 공작님의 마음을 진작부터 알고 있었어요. 그러나 그분을

사랑할 수는 없어요. 물론 공작님이 누구보다도 훌륭한 분이라는 것은 인정해요. 지체도 높고 성실하시며 고귀한 인격의 소유자죠. 하지만 그분의 사랑에 대한 답은 이미 드린 것과 같아요. 그러니 더 이상 그런 말씀은 하지 마세요."

"만일 아가씨께서 공작님을 사랑하실 수만 있다면 제가 이 집 문 앞에 버들로 움막을 짓고 살면서 매일 아가씨의 이름을 부르겠습니다. 그리고 사랑의 시를 지어 밤마다 노래로 부르겠습니다. 이산 저 산으로 돌아다니며 아가씨의 이름을 외쳐 불러 온 세상에 메아리치도록 하겠습니다."

바이올라는 자신의 감정은 전혀 드러내지 않고 오직 공작을 위해서 이와 같이 말했습니다. 그러나 이미 마음이 세자리오에게 기운 올리비아는 눈도 끔뻑하지 않았습니다.

"아무리 달콤한 말로 절 설득해도 소용없어요. 전 공작님에게는 동정심조차 없으니까요. 그것보다도 당신 얘기나 해 봐요. 당신은 어떤 집안의 사람인가요?"

"그렇다면 드릴 말씀이 없군요. 참, 공작님께서 전해 달라고 주신 선물이 있습니다. 받으시지요. 그럼, 전 이만 돌아가겠습니다. 안녕히 계십시오, 아름답지만 잔인한 분이여!"

바이올라는 공작의 선물인 다이아몬드 반지를 건네주고는 그 집을 나왔습니다.

올리비아는 바이올라를 보내고 싶지 않았습니다. 그러나 더 붙

잡아 둘 핑곗거리도 없었습니다. 그래서 돌아가는 그에게 이렇게 덧붙이기만 했습니다.

"돌아가서 공작님을 만나 뵙거든 다시는 이런 심부름을 보내지 말라고 해 주세요. 하지만 공작님의 반응을 알려 주러 당신이 온다면 환영이에요."

올리비아는 아쉬운 마음을 애써 숨기며 바이올라를 보냈습니다. 바이올라가 돌아가고 나서도 올리비아는 그의 모습을 잊을 수가 없었습니다. 그의 생김새뿐만 아니라 목소리, 당당한 행동 하나하나가 시간이 흐를수록 새롭게 다가왔습니다.

올리비아는 세자리오를 생각하며 혼자 중얼거렸습니다.

"그의 말씨나 행동을 봐서 남의 시종이나 할 사람 같지는 않아. 분명 그는 신사였어. 아, 그가 공작이라면 얼마나 좋을까?"

올리비아는 어느새 세자리오를 몹시 사랑하게 되었다는 것을 깨닫고 부끄러워 자신을 꾸짖었습니다.

'너는 어쩌면 한 번 본 남자에게 마음을 뺏길 수 있니? 남의 시종이나 하는 하찮은 신분인걸. 그에 비해 나는 뼈대 있는 백작 가문의 딸이며 부자야. 우리 둘은 전혀 어울리지 않는 상대야.'

그러나 올리비아가 자신을 아무리 탓해도 세자리오를 그리는 마음은 점점 깊어 갈 뿐이었습니다. 그러다가 결국 올리비아는 세자리오에게 사랑을 고백하기로 마음먹었습니다. 그녀는 하인을 불러 말했습니다.

"너는 어서 공작 댁으로 가서 그의 시종인 세자리오에게 이것을 주고 오너라. 반드시 직접 건네 주되 공작은 모르게 해야 한다."

올리비아는 공작이 자신에게 선물로 준 다이아몬드 반지를 세자리오에게 갖다 주라고 시켰습니다. 그렇게 하면 세자리오가 자신의 마음을 눈치채리라 기대했기 때문입니다.

한편 공작의 집으로 돌아온 바이올라는 올리비아가 공작이 아니라 자신을 좋아하게 된 것을 짐작했습니다. 시종 쌀쌀맞은 체했지만 올리비아의 얼굴빛이나 태도로 보아 그러한 사실은 충분히 짐작할 수 있었습니다.

바이올라는 혼자 씁쓸하게 웃으며 말했습니다.

"올리비아 아가씨, 참 불쌍하게 되었군. 신기루나 꿈을 사랑하는 것과 마찬가지니까. 내가 여자인 이상 그 사랑은 이루어질 수 없는데……. 이제 그 아가씨는 나 때문에 공연히 잠도 못 자고 쓸데없는 한숨만 내쉬겠지."

그러고 나서 바이올라는 결과를 보고하기 위해 공작에게로 갔습니다. 이제나저제나 바이올라가 돌아오기만을 기다리던 공작은 그를 반갑게 맞았습니다.

"오, 세자리오, 이제야 오는군. 그래, 갔던 일은 어떻게 되었지?"

"공작님, 올리비아 아가씨는 자신을 귀찮게 하지 말아 달라는 말만 되풀이하셨습니다. 공작님의 사랑에 대해서는 통 관심이 없으셨습니다."

바이올라의 말에 공작의 얼굴에 잠시 실망한 빛이 떠올랐습니다. 그러나 곧 밝은 미소를 지으며 말했습니다.

"아마 처음이라서 그랬을 거야. 세자리오, 몇 번이고 계속 찾아가서 내 마음을 전해 다오. 올리비아를 설득하고 내 사랑을 올바로 전해 줄 수 있는 사람은 자네뿐이야. 부탁해. 수고스럽겠지만 나를 위해 다시 한 번만 더 갔다 오게."

바이올라는 공작의 명령을 거절할 수가 없었습니다. 그래서 며칠 뒤, 역시 내키지 않는 발걸음으로 올리비아의 집을 다시 찾아갔습니다.

바이올라가 올리비아의 집에 도착하자 곧 문이 활짝 열리며 하인들이 나와 그를 맞아 주었습니다.

바이올라는 속으로 깜짝 놀랐습니다. 첫 번째 방문처럼 문간에서 하인들과 실랑이를 벌이든가, 보기 좋게 거절을 당하리라 생각했기 때문입니다. 그런데 올리비아의 집에서는 바이올라를 환영하는 태도가 역력했습니다.

바이올라는 하인의 정중한 안내를 받으며 올리비아의 방에 들어갔습니다.

"어서 오세요, 세자리오!"

올리비아도 바이올라를 반갑게 맞았습니다.

"안녕하셨습니까? 전 공작님의 심부름으로 다시 아가씨를 찾아뵙게 되었습니다."

바이올라가 이렇게 찾아온 용건을 말하자 올리비아는 짜증 섞인 목소리로 대답했습니다.

"공작님 얘기는 다시 하지 말라고 했잖아요. 전 그분한테는 관심이 없어요."

그러나 바이올라는 자신의 임무만을 서둘러 마치고 돌아가고 싶었기 때문에 괜한 소리가 될 줄 알면서도 공작 대신 사랑을 전했습니다.

"제 주인이신 오시노 공작님께서는 올리비아 아가씨와 결혼하고 싶어하십니다. 세상 누구보다 아가씨를 깊이 사랑하고 계심은 물론이고요."

하지만 올리비아는 더 이상 듣지 않았습니다. 대신 바이올라의 말을 중간에서 끊으며 말했습니다.

"세자리오, 지금의 그 말씀이 공작님이 아니라 당신의 마음이었으면 좋겠군요."

올리비아의 솔직한 고백에 바이올라는 놀랐습니다. 당황한 기색이 얼굴빛에 드러났습니다.

올리비아는 더욱 적극적으로 나왔습니다.

"당신은 어둠 속에서 나를 이끌어 냈어요. 당신이 아니었다면 나는 평생 오빠만을 그리며 세상과 인연을 끊고 살았을 거예요."

바이올라는 그만 이 자리를 피하고 싶었습니다. 그래서 인사를 하고 물러나려고 했습니다. 그러나 올리비아가 바이올라를 놓아주지 않았습니다. 바이올라가 물러서려고 할수록 올리비아는 더 매달렸습니다.

"세자리오, 제가 싫으신가요? 아니면 제가 숙녀답지 못하다고 생각하시나요? 하지만 그렇게 생각하신다고 해도 이젠 어쩔 수가 없어요. 숙녀답게 자존심을 세우거나 수줍어할 여유가 사라졌으니까요. 전 당신을 사랑해요. 이 사랑을 감추고 기다릴 분별력 또한 없어졌어요."

"전 단지 공작님의 사랑을 전하러 이곳에 온 것입니다. 그리고 전 어떤 여자도 사랑할 수 없습니다. 그럼 안녕히 계십시오."

바이올라는 올리비아에게 냉정하게 말하고 나서 돌아서서 가 버렸습니다.

올리비아는 그의 뒷모습만 멍하니 바라볼 뿐이었습니다.

행복한 결말

"어서 칼을 뽑아라. 네게 결투를 신청하는 바이다."

바이올라가 올리비아의 집을 나서는 순간 어떤 낯선 사내가 번쩍이는 칼을 들이대며 외쳤습니다.

바이올라는 너무나 갑자기 당한 일이라 숨이 멎을 듯 깜짝 놀랐습니다.

"도, 도대체 누구시기에 내게 칼을 들이대는 거요?"

바이올라가 떨리는 목소리로 묻자 그 남자는 여전히 칼을 내밀고서 말했습니다.

"일개 심부름꾼 주제에 올리비아의 사랑을 차지하다니, 말도 안돼! 난 남부럽지 않은 집안 출신인데도 올리비아에게 거절당했어. 이대로 가만 있지 못하겠단 말이다."

그제야 바이올라는 사정이 대충 이해되었습니다. 이 남자는 올리비아에게 거절을 당하고 그 화풀이를 하려는 것이었습니다.

남장을 하고 있지만 실제로는 여자인 바이올라는 칼을 보자 겁이 덜컥 났습니다. 게다가 싸움이라고는 해 본 적도 없었습니다. 이렇게 잔뜩 약이 오른 상대와 결투를 벌인다는 것은 죽는 것과 마찬가지였습니다.

창피한 일이지만, 바이올라는 슬금슬금 상대의 눈치를 살피며 도망치려 했습니다. 칼을 든 남자는 바이올라에게 바싹 다가왔습니다.

그때 지나가던 어떤 사람이 달려들어 그 남자를 말렸습니다. 그러고는 친절하게 그에게 말을 건넸습니다.

"참으시지요. 이 젊은이가 잘못한 일이 있다면 내가 책임지겠소. 그러나 당신이 이 사람에게 잘못했다면 내가 대신 싸울 것이오."

그러자 곧 덤벼들 것 같던 남자가 한풀 꺾여서는 뒤로 물러났습니다.

바이올라는 자기를 위기에서 구해 준 남자에게 고맙다는 인사를 하려고 했습니다. 그런데 바이올라가 입을 떼려고 하는 순간 순경이 나타나 그 남자를 붙잡았습니다. 남자는 오래 전부터 바이올라를 알고 있었다는 듯 쳐다보며 말했습니다.

"결국 이렇게 체포당하게 되는군. 자네를 찾으려고 나오지만 않았더라면 무사했을 텐데 말이야. 이봐, 아까 줬던 지갑은 다시 돌려주어야겠어. 너무 그렇게 어리둥절한 표정은 짓지 마, 난 괜찮으니까. 그나저나 말이야, 더 이상 자네를 도와줄 수 없게 된 게 가슴 아픈데."

바이올라는 이게 도대체 무슨 뚱딴지 같은 소린지, 도무지 알아들을 수가 없었습니다.

"아니, 무슨 말씀이십니까? 난 당신을 방금 전에 처음 만났는걸요. 그런데 지갑을 내놓으라니요? 뭔가 단단히 착각하셨나 보군요. 어쨌든 절 도와주셨으니 제가 가지고 있는 돈으로 보상을 해 드리지요."

바이올라는 자신의 지갑을 꺼냈습니다. 그러자 남자가 펄펄 뛰며 소리를 질렀습니다.

"뭐라고? 세상에 이런 배은망덕한 놈 같으니라고! 내가 지금 이 지경이 된 게 다 누구 때문인데 이제 와서 날 모른 척해? 다 죽어 가는 놈을 살려 내서 위험을 무릅쓰고 이곳까지 데리고 와 줬더니 이제 와서……."

곁에 있던 순경들이 남자의 말은 들은 척도 안 하고 그를 끌고 가 버렸습니다. 남자는 끌려가면서도 뒤를 돌아보며 바이올라를 향해 욕을 퍼부어 댔습니다.

그런데 바이올라는 그 남자가 말끝에 세바스찬이라고 부르는 것을 들었습니다. 그 소리에 놀라서 다시 뛰어가 보았지만 이미 남자는 순경에게 끌려 어디론가 사라진 뒤였습니다.

집으로 돌아오면서 바이올라는 세바스찬이라는 이름을 되새겨
보며 생각했습니다.

'분명 그 남자가 나를 세바스찬이라고 불렀어. 세바스찬이라고
말이야. 나를 그렇게 불렀다는 건 오빠를 알고 있어서 나로 혼동했
다는 거야. 역시 오빠는 살아 있었나 봐. 그 남자가 구해 주었다는
건 틀림없이 세바스찬 오빠일 거야. 어서 서둘러 그 남자를 찾아봐
야겠다.'

바이올라가 돌아간 뒤에, 결투를 신청했던 남자가 또 나타났습
니다. 아까는 말리는 사람이 있어서 엉겁결에 피했지만 도저히 그
냥 갈 수가 없었던 것입니다.

그는 주위를 두리번거리며 바이올라를 찾았습니다. 그때 그의
눈앞으로 바이올라가 지나갔습니다. 사내는 다시 칼을 빼들고 그
를 막아섰습니다.

"잘 만났다. 이번에야말로 끝장내 주마. 자, 내 칼을 받아라."

그런데 이 사람은 바이올라가 아니었습니다. 바로 바이올라의
쌍둥이 오빠 세바스찬이었습니다.

세바스찬은 길을 지나다 엉뚱한 변을 당하게 되었지만 피하지
않았습니다. 사내의 칼을 멋지게 받아 내고는 자신의 칼을 뽑아 상
대를 공격했습니다.

사내는 큰소리친 것에 비해 실력이 보잘것없었습니다. 몇 번 칼
을 휘두르다가는 질 것 같자 얼른 줄행랑을 쳤습니다.

세바스찬은 바이올라의 짐작대로 살아 있었습니다. 순경에게 끌려가던 남자가 바로 세바스찬을 구해 준 사람이었던 것입니다.

배가 폭풍우를 만나 부서졌을 때 세바스찬은 돛대에 몸을 묶고 얼마 동안 그렇게 바다 위를 떠다녔습니다.

그러다 지나가던 배에 의해 구조되었습니다. 그 배의 선장이 바로 아까 바이올라에게 자신을 모른 척한다고 소리치던 그 사람이었습니다.

선장의 이름은 안토니오. 그는 세바스찬이 아주 마음에 들었습니다. 그래서 세바스찬이 일리리어를 한번 구경하고 싶다고 하자 그와 함께 이곳에 온 것입니다.

안토니오가 순경에게 끌려간 이유는 오래 전에 오시노 공작의 조카에게 안토니오가 큰 부상을 입힌 적이 있었기 때문입니다. 선장은 잘못하다가는 잡혀 갈 줄 알면서도 세바스찬을 위해서 이곳에 왔던 것입니다.

안토니오와 세바스찬은 두 시간 전에 이곳에 도착했습니다. 그때 안토니오는 세바스찬에게 자신의 지갑을 주면서 말했습니다.

"자, 여기 돈이 있으니 구경하다가 사고 싶은 물건이 있으면 사도록 해. 자네가 거리 구경을 하는 동안 난 여인숙에서 기다리고 있겠어."

"정말 고맙습니다. 한 시간 후엔 돌아오겠습니다."

세바스찬은 신이 나서 지갑을 받아 들고는 거리로 사라졌습니다. 그런데 약속한 한 시간이 지나도록 세바스찬이 돌아오지 않았습니다.

안토니오는 세바스찬이 낯선 도시에서 길을 잃은 것은 아닌지 걱정이 되어 그를 찾아 나섰습니다. 그러다가 위기에 처한 바이올라를 만났던 것입니다.

안토니오는 당연히 바이올라가 세바스찬인 줄 알고 그를 보호하기 위하여 뛰어들었던 것입니다. 그런데 세바스찬이 자기를 모른다고 하니 기가 막힐 노릇이었습니다.

한편, 결투를 해서 상대를 멋지게 쫓아 보낸 세바스찬은 안토니오와 약속한 시간이 지났음을 깨닫고 서둘러 여인숙으로 걸음을 재촉했습니다.

그런데 어떤 여인이 나와 그를 붙잡았습니다. 어리둥절해진 세바스찬은 아무 영문도 모른 채 그 여자에게 끌려 집으로 들어갔습니다.

그 여자는 바로 올리비아였습니다. 올리비아는 자기 때문에 세자리오가 결투를 하고 있다는 말을 듣고 뛰어나왔던 것입니다.

올리비아는 물론 그가 세바스찬이라는 것을 전혀 몰랐습니다. 자기가 사랑하는 세자리오라고만 생각하고 그에게 온갖 친절을 베풀었습니다.

세바스찬은 아름다운 아가씨가 자신에게 친절하게 대해 주자 어찌 된 까닭인지는 몰라도 어쨌든 기분이 좋았습니다. 올리비아도 자신을 쌀쌀맞게 대하던 세자리오가 선선히 자신의 호의를 받아 주자 매우 기뻤습니다.

그러다가 갑자기 올리비아는 세자리오의 마음이 언제 변할지 몰라 불안해졌습니다. 그래서 이 기회를 놓치지 말아야겠다고 생각하고 그에게 말했습니다.

"사랑하는 분이여, 당신에 대한 제 마음은 이미 알고 계시겠지요? 저는 당신 없이는 하루도 살 수가 없답니다. 그러니 다시는 제 곁을 떠나지 말아 주세요. 마침 집에 신부님이 와 계시니 당장이라도 저와 결혼해 주시겠어요?"

이 말에 세바스찬은 깜짝 놀랐습니다.

'생전 처음 보는 아가씨한테서 이렇게 친절한 대접을 받는 것도 황송한데 게다가 결혼을 해 달라니……. 이 아가씨, 뭔가 단단히 착각을 하고 있는 모양이군. 아니면 머리가 돌아서 정신이 이상해졌거나.'

세바스찬은 잠시 이런 생각을 하며 아무 말도 하지 않았습니다. 올리비아는 더욱 애가 타 안절부절못하며 말했습니다.

"제발 더 이상은 거절하지 마세요. 당신을 제 남편으로 성심 성의껏 섬길 테니까요. 저의 재산과 하인들, 제가 가진 모든 것들은 다 당신 거예요."

세바스찬은 계속 생각에 잠겼습니다.

'이렇게 훌륭하고 큰 저택의 주인이며, 하인들을 부리는 솜씨를 보면 미친 사람 같지는 않은데……. 저 아름다운 외모와 교양 있는 태도를 봐. 아마 갑자기 나를 사랑하게 된 것 말고는 제정신인 게 분명해. 그럼, 이것도 하늘이 정해 주신 인연일까?'

세바스찬은 결심했습니다. 그런 뒤 명랑한 목소리로 올리비아에게 말했습니다.

"좋습니다, 아가씨. 우리 결혼합시다!"

올리비아는 하늘로 뛰어오를 듯이 기뻤습니다. 남자의 마음이 변하기 전에 얼른 결혼식을 해야겠다고 생각하고 즉시 신부님을 모셔 왔습니다.

이렇게 해서 올리비아와 세바스찬은 신부님과 올리비아의 하인들만이 지켜보는 가운데 결혼식을 올렸습니다. 여전히 세바스찬이 세자리오라고 믿고 있는 올리비아는 마냥 행복했습니다.

세바스찬 역시 뜻하지 않은 행운에 감격했습니다. 그러다 문득 여인숙에서 자신을 기다리고 있을 안토니오 선장이 떠올랐습니다. 그래서 올리비아에게 양해를 구하고 안토니오에게 가 봐야겠다고 생각했습니다.

"나의 아내 올리비아, 여기서 가까운 곳에서 내 친구가 나를 기다리고 있소. 지금 가서 그 친구를 만나야겠어. 그 친구는 내 생명을 구해 준 은인이라오. 내가 당신과 결혼한 사실을 알면 누구보다 기뻐하며 나를 축하해 줄 거요."

"그래요? 그렇다면 얼른 다녀오세요. 너무 오래 있다가 오면 안

돼요. 전 한순간이라도 당신을 보지 않으면 살 수가 없으니까요. 아시겠죠?"

세바스찬이 막 집을 나서려는데, 올리비아가 다시 그를 불러 세우며 말했습니다.

"여보, 그러지 말고 그 친구분을 우리 집으로 데리고 오세요. 당신의 생명을 구해 준 은인이라면 내게도 그와 다를 바 없잖아요. 그러니 꼭 그분에게 대접을 하고 싶어요."

세바스찬은 그런 올리비아를 사랑스럽다는 듯 쳐다보며 고개를 끄덕였습니다. 그러고서 집을 나섰습니다.

세바스찬이 안토니오를 만나러 나간 후 얼마 안 있어 올리비아 집 앞에서는 한바탕 소동이 벌어졌습니다.

오시노 공작이 바이올라와 함께 올리비아의 집 앞에 막 도착했을 때입니다. 순경들이 안토니오를 데리고 오시노 공작 댁으로 가던 길에 이곳에서 두 사람과 마주친 것입니다.

순경들은 공작을 향해 정중하게 인사를 하고 말했습니다.

"안녕하십니까, 공작님? 마침 잘되었군요. 저희가 지금 공작님을 뵈려고 가던 길이었습니다."

"그래, 나한테 무슨 용건이 있지?"

공작이 물었습니다.

순경은 곁에 있는 안토니오를 가리키며 말했습니다.

"공작님, 이자의 얼굴을 잘 봐 주십시오. 바로 몇 년 전에 공작님의 조카에게 상처를 입히고 도망친 자입니다."

안토니오의 얼굴을 보고 놀란 것은 공작이 아니라 바이올라였습니다. 곤란한 상황에 처한 자신을 구해 주고는 알 수 없는 소리만하다 붙들려 간 사람이었기 때문입니다.

안토니오도 바이올라를 알아보고는 다시 소리소리 지르며 말했습니다.

"세바스찬, 이 나쁜 놈! 아직도 나를 모른다고 할 테냐? 은혜를악으로 갚는 파렴치한 놈 같으니!"

이 말에는 공작도 놀라지 않을 수 없었습니다. 죄인의 몸으로 자신의 앞에 섰으면서도 고개를 숙이기는커녕 엉뚱한 소리를 외쳐대니 말입니다.

그러나 공작은 침착하게 안토니오를 향해 물었습니다.

"아니, 자네는 여기 이 사람을 알고 있나 보지?"

"알다 뿐입니까? 저는 바다에 빠져 죽을 뻔했던 저놈을 살려 준생명의 은인입니다. 지난 석 달 동안 먹여 주고 입혀 주며 돌봐 주었는데, 글쎄 갑자기 나를 모른다고 딱 잡아떼잖습니까. 또 이곳에도착하자마자 지갑을 주었는데 그것까지 받은 일 없다고 오리발을내미니 이렇게 분통 터질 일이 또 어디 있겠습니까?"

안토니오는 금방 폭발해 버릴 것 같은 화산처럼 씩씩댔습니다.공작은 안토니오의 흥분을 가라앉히며 말했습니다.

"자네가 뭔가 착각을 한 모양이군. 이 사람은 최근 석 달 동안 내 곁에서 시중을 들었단 말이야."

그러면서 공작은 순경더러 안토니오를 데리고 가라고 했습니다. 안토니오는 계속 그럴 리 없다며 버텼습니다. 그때 올리비아가 나왔습니다. 그녀는 밖이 하도 시끄러워서 나와 본 것이었습니다.

공작은 올리비아를 보자마자 안토니오 일은 까맣게 잊고 넋이 나간 듯 그녀를 쳐다보았습니다.

"오, 올리비아, 참으로 오래간만이군요. 그대는 여전히 천사처럼 아름답고 눈부십니다."

그러나 올리비아는 공작은 쳐다보지도 않고 바이올라에게 다가가 손을 내밀었습니다.

"사랑하는 세자리오, 이제 오셨군요. 당신과 떨어져 있는 시간은 너무 지루하고 의미가 없어요. 어서 안으로 들어가요."

공작은 이러한 올리비아의 말과 태도에 기절할 듯 놀랐습니다. 분명 올리비아는 자신이 아니라 자신의 시종인 세자리오를 사랑한다고 말했기 때문입니다.

공작은 세자리오에게 심한 배신감을 느껴 불같이 화를 내며 소리쳤습니다.

"세자리오, 도대체 이게 어찌 된 일이냐? 네가 이럴 수 있느냐? 널 가만두지 않겠다. 나를 따라오너라. 혼을 내 줄 테니."

질투심에 사로잡힌 공작은 얼굴이 벌겋게 달아올랐습니다. 당장에라도 세자리오를 죽일 듯한 기세였습니다. 그러나 바이올라는 조금도 동요하지 않고 조용히 말했습니다.

"제가 죽어 공작님의 마음이 풀어지신다면 기꺼이 그렇게 하겠습니다."

그러면서 바이올라는 공작을 따라 나섰습니다. 그러자 올리비아가 바이올라에게 매달리며 울부짖었습니다.

"안 돼요. 절 두고는 아무 데도 갈 수 없어요."

올리비아는 이번에는 공작에게 애원했습니다.

"공작님, 부탁이에요. 세자리오를 살려 주세요. 우리는 오늘 아침에 결혼했어요. 그런 부부를 갈라놓는다는 것은 아무리 공작님이라 해도 너무한 처사가 아닌가요?"

"뭐라고요, 결혼?"

공작은 도저히 믿기지 않는다는 표정으로 바이올라를 쳐다보았습니다.

바이올라 역시 몹시 놀랐습니다. 그래서 눈을 동그랗게 뜨고서는 고개를 저으며 말했습니다.

"저는 결코 결혼하지 않았습니다. 올리비아 아가씨께서 무슨 말씀을 하고 계신지 도무지 알아들을 수가 없군요."

그러자 올리비아는 자신들의 주례를 서 주었던 신부님을 모셔 왔습니다.

"신부님, 우리가 결혼했다는 증인이 돼 주세요."

신부는 올리비아의 부탁대로 거기 모인 사람들에게 말했습니다.

"저 두 사람은 분명 부부입니다. 제 앞에서 하늘에 대고 맹세했습니다."

공작은 하늘이 무너지는 기분이 들었습니다. 세상에서 가장 아끼는 보물을 도둑맞은 느낌이었습니다. 그렇지만 이제는 돌이킬 수 없는 일이었습니다.

공작은 멍청히 서 있는 바이올라를 쳐다보며 말했습니다.

"세자리오, 그동안 나는 너를 친구처럼 믿고 좋아해 왔다. 그래서 올리비아에게도 보냈던 것이고. 하지만 믿는 도끼에 발등 찍힌 꼴이 됐구나. 시종에게 애인을 빼앗기다니! 다시는 내 눈앞에 나타나지 마라."

공작은 괴로운 심정으로 돌아섰습니다. 그때였습니다.

"여보, 올리비아, 나 돌아왔소."

또 한 사람의 세자리오가 나타났습니다. 그는 물론 세바스찬이었습니다.

사람들은 놀라서 벌어진 입을 다물지 못하고 바이올라와 세바스찬을 번갈아 쳐다보았습니다.

놀란 것은 바이올라와 세바스찬도 마찬가지였습니다. 세바스찬은 자신과 똑같이 생긴 젊은이를 보고는 쌍둥이 여동생 바이올라가 생각나 혹시나 하는 마음으로 이것저것 묻기 시작했습니다.

"이보시오, 젊은이. 댁은 분명 남자입니까? 그렇다면 우리는 아무 상관도 없는 남남일 터인데 참으로 신기하게도 닮았군요. 사실 내게는 쌍둥이 여동생이 있거든요. 그애와 나는 당신과 나처럼 똑같이 생겼죠. 같은 옷을 입고 있으면 부모님조차도 우릴 알아보길 어려워하셨지요."

세바스찬은 잠시 한숨을 쉬었습니다. 그러고 나서 말을 이었습니다.

"하지만 그 애는 바다에 빠져 죽었을 거요. 같이 배를 타고 여행을 나갔다가 폭풍우를 만나 흩어진 이후 소식을 알 길이 없다오."

"오빠!"

바이올라는 더 참지 못하고 흐느껴 울었습니다.

바이올라가 남자인 줄 아는 세바스찬은 자신을 오빠라고 부르는 소리에 깜짝 놀랐습니다.

"아니, 오빠라니요?"

"오빠, 내가 바로 바이올라예요."

바이올라는 목이 메어 소리가 잘 나오지 않았지만 애써 진정하며 차근차근 그동안의 일을 털어놓았습니다.

세바스찬뿐만 아니라 곁에서 듣고 있던 사람들도 세자리오가 여자라는 사실에 크게 놀랐습니다. 그러나 그중에서도 공작과 올리비아만큼 놀란 사람은 없었을 것입니다.

잠시 후 공작은 놀라움이 가라앉자 허허 웃으며 바이올라에게 말했습니다.

"세자리오, 어쩌면 그렇게 멋지게 나를 속였지? 네가 생긴 게 곱

상하고 얼굴이 하얘서 여장을 하면 아름다운 숙녀처럼 보일 거라고 생각한 적은 있었지만 진짜 여자라고는 짐작도 못 했어. 그동안 여자의 몸으로 내게 남자 못지않은 충성을 보여 주다니, 정말 대단한 사람이군."

그러자 바이올라는 수줍게 웃으며 말했습니다.

"공작님을 속인 것에 대해서는 진심으로 사과드려요. 하지만 남장을 하지 않았다면 그처럼 가까이서 공작님을 모실 수 없었을 거예요."

한편 올리비아는 자신이 여자에게 반한 사실을 알고 창피해 어쩔 줄 몰라 했습니다. 하인들도 재미있다는 듯 그런 주인 아가씨를 쳐다보며 웃었습니다.

그러나 올리비아는 이미 자신의 남편이 된 세바스찬도 마음에 들었습니다. 따라서 올리비아와 세바스찬의 결혼에는 아무 문제도 없게 되었습니다.

서로 죽은 줄로만 알고 있다가 전혀 뜻하지 않게 다시 만난 두 남매는 한참 동안 재회의 기쁨을 나누었습니다.

지난 얘기들을 나누던 중에 그들은 안토니오가 생각났습니다. 그래서 서둘러 공작에게 부탁해 안토니오를 불러 왔습니다. 안토니오도 처음에는 두 명의 세바스찬을 보고 기절할 듯 놀랐습니다. 하지만 설명을 듣고 난 후에는 오해가 풀려 껄껄 웃었습니다. 이렇게 해서 쌍둥이 남매로 인한 소동은 진정되었습니다.

공작은 올리비아가 세바스찬과 결혼했기 때문에 그녀를 깨끗이 단념했습니다. 그리고 이제 아름다운 아가씨로 변한 바이올라를 바라보았습니다.

공작은 오래 전부터 바이올라가 자신을 매우 사랑하고 있다는 사실을 알고 있었습니다. 그러나 그때는 충성스런 신하가 주인을 섬기듯 자신을 사랑하는 것으로 알았습니다. 하지만 이제 보니 그건 여자로서 자신을 사랑했던 것이었습니다.

공작은 그동안 자신이 어리석은 사랑에 빠져 진정한 사랑을 몰라봤다는 것을 깨닫고 바이올라를 사랑하게 되었습니다.

공작은 바이올라를 정답게 바라보며 말했습니다.

"바이올라, 그대에게 마지막 명령을 내리겠소. 바로 오시노 공작 부인이 되라는 것이오."

바이올라는 너무나 기뻐 아무 말도 할 수가 없었습니다. 오랫동안 혼자서만 애태워 왔던 사랑을 드디어 이루게 되었으니까요. 세바스찬과 올리비아도 이들의 결혼을 진정으로 축하해 주었습니다.

그 뒤 엄청난 운명의 고비를 만났던 바이올라와 세바스찬은 그 위기를 잘 극복하고 행복하게 살았답니다.

세계명작 시리즈와 함께 논리·논술 Level Up!

● 이해 능력 Level Up!

1. 패듀어에서 가장 부유한 신사의 이름은 무엇인가요?

    1) 뱁티스터   2) 호텐쇼   3) 페트루키오
    4) 루센시오   5) 안토니오

2. 다음 글을 읽고 페트루키오가 캐서린과 결혼한 진짜 이유를 골라 보세요.

> "그 아가씨의 아버지는 대단한 부자여서 딸을 데려가겠다고만 하면 지참금을 두둑히 내놓을 걸세."
> 페트루키오는 호텐쇼의 얘기를 듣는 동안 그 말괄량이 아가씨에게 호기심이 생겼습니다.

    1) 그녀의 성격이 심술궂기는 하지만 뛰어난 미모를 가져서

    2) 매우 교양 있는 여자였기 때문에

    3) 캐서린의 동생인 비앙카가 아름다웠기 때문에

    4) 친구인 호텐쇼에게서 캐서린의 고약한 성질에 대한 얘기를 듣고 그녀에 대한 호기심이 생겨서

    5) 그녀와 결혼하여 더 큰 부자가 되고 싶어서

3. 다음 중 페트루키오가 말괄량이 캐서린을 길들였던 방법이 아닌 것은 무엇일까요?

    1) 캐서린의 목소리를 천사의 노랫소리 같다고 칭찬했다.
    2) 캐서린이 씻지 못하도록 하인이 가져온 물을 뒤엎었다.
    3) 처음부터 캐서린에게 맛있는 음식을 무조건 많이 먹도록 했다.
    4) 캐서린이 잠을 잘 수 없게 만들었다.
    5) 캐서린을 위해 만든 재봉사의 모자를 발로 짓밟았다.

4. 「베니스의 상인」의 샤일록과 안토니오의 직업과 성격에 대해서 잘못 말하고 있는 것은 다음 중 무엇일까요?

    1) 샤일록은 부유한 상인으로서 사람들에게 돈을 빌려주고 받는 일을 하였다.
    2) 안토니오는 곤경에 처한 사람들에게 이자 없이 돈을 빌려줄 만큼 마음이 착하다.
    3) 샤일록은 유대인이며 가난한 상인들에게 돈을 빌려주고 비싼 이자를 쳐서 돌려받았다.
    4) 안토니오는 악독한 샤일록을 매우 싫어했다.
    5) 샤일록은 수단과 방법을 가리지 않고 돈을 돌려받았다.

5. 「베니스의 상인」에서의 재판 상황에 대해 잘못 말하는 것은 다음 중 무엇일까요?

    1) 샤일록은 원금만이라도 받아 가겠다고 박사에게 매달렸다.
    2) 밧사니오가 샤일록에게 빌린 3천 더컷을 던졌다.

3) 샤일록의 재산 중 반은 국가에서 몰수한다는 판결이 내려졌다.

4) 샤일록은 아프다는 핑계를 대고 법정을 빠져나갔다.

5) 박사는 우정의 표시로 밧사니오의 반지를 달라고 말했다.

6. 다음은 밧사니오가 친구 안토니오에게 하는 말입니다. 글을 읽고 밧사니오가 샤일록에게 돈을 꾸었던 이유를 골라 보세요.

> "그녀와 결혼하고자 원하는 남자들이 줄을 서 있어. 돈 많은 귀족에서 멀리 외국의 영주들까지 그 수를 셀 수 없을 정도라네. 나도 청혼하러 가고 싶어. 하지만 용기가 나지 않아. 이렇게 빈털터리가 돼 가지고 어떻게 그 많은 경쟁자들과 겨뤄 이길 수 있겠는가 말이야."

1) 빈털터리가 된 안토니오를 도와주기 위해서

2) 자신이 다 써 버린 아버지의 유산을 되찾기 위해서

3) 결혼할 날짜가 얼마 남지 않았는데 결혼 자금이 부족해서

4) 안토니오에게 꾼 돈을 갚기 위해서

5) 호셔라는 아름다운 아가씨에게 청혼을 하기 위해

7. 롤런드 경의 막내아들 올랜도가 씨름 시합에서 이겼을 때 로잘린드는 그에게 무엇을 선물했나요?

    1) 손수건   2) 귀고리   3) 장갑   4) 반지   5) 목걸이

8. 프레드릭은 추방당한 인자한 왕의 동생이고, 로잘린드는 인자한 왕의 딸입니다. 그렇다면, 다음 글을 읽고, 로잘린드와 실리어는 어떤

사이인지 생각해 보세요.

백성들 사이에서 로잘린드의 인품과 아름다움을
찬양하고, 전 왕을 기억해서 그녀를 동정하는
소리까지 높아졌습니다. 그래서 프레드릭 왕은 화가 나
견딜 수가 없었습니다. 그러다 결국은 로잘린드를
내쫓기로 한 것입니다.
실리어는 아버지에게 매달려 울며 사정했습니다.

1) 자매간이다.　　　　　　　2) 고모와 조카 사이이다.

3) 사촌 사이이다.　　　　　　4) 외삼촌과 조카 사이이다.

5) 오촌 사이이다.

9. 「뜻대로 하세요」에서 로잘린드와 실리어는 궁을 떠납니다. 다음 중 궁
을 떠난 로잘린드와 실리어의 생활을 잘못 말한 것은 무엇일까요?

1) 로잘린드는 게니미드로 실리어는 알리나로 살았다.

2) 화려한 차림을 버리고 평범한 시골 사람 차림으로 살았다.

3) 양치기 노인의 집에서 양치기로 일하면서 살았다.

4) 각각 양 치는 목동과 젖 짜는 아가씨가 되었다.

5) 로잘린드는 올랜도와, 실리어는 올리버와 결혼하였다.

10. 폭풍우로 인해 헤어지게 된 쌍둥이 남매의 생활을 틀리게 말하는 것
은 다음 중 무엇일까요?

1) 바이올라는 남장을 하고 오시노 공작의 하인으로 들어간다.

2) 바이올라가 오시노 공작을 사랑하게 된다.

3) 세바스찬은 안토니오 선장을 만나 도움을 받게 된다.

4) 바이올라는 올리비아를 돕기 위해 하녀로 들어간다.

5) 바이올라는 안토니오 선장을 만나게 된다.

11. 그리스 아테네에 사는 이지우스는 어느 날 왕을 찾아가 자기 딸을 죽여 달라고 합니다. 왜 그랬을까요?

> 이지우스는 정말로 딸을 고소했습니다. 그의 말에 따르면 딸 허미아가 디미트리우스와 결혼하라는 아버지 명령에 복종하지 않고 라이산더라 는 다른 남자를 사랑한다는 것입니다.

1) 아버지의 말을 거역하고 라이산더를 사랑해서

2) 딸 허미아가 라이산더와 도망을 쳐서

3) 딸 허미아가 디미트리우스를 사랑해서

4) 딸 허미아가 아무하고도 결혼하지 않겠다고 고집을 피워서

5) 딸 허미아가 디미트리우스와 결혼하겠다고 우겨서

12. 다음 글을 읽고 요정들의 왕인 오베론과 왕비인 티타니아가 싸우게 된 이유를 골라 보세요.

> 티타니아 왕비의 친한 친구가 사람의 아이를 몰래 훔쳐다 길렀는데, 그만 세상을 떠나고 말았습니다. 왕비는 친구의 아이를 왕 모르게 데려다 키웠습니다. 그 아이는 무척 귀엽고 사랑스러웠습니다. 그런데 얼마 전 왕이 그 사실을 눈치채고 말았습니다. 왕은 화를 냈고 이내 말다툼이 벌어졌습니다. 왕이 그 아이를 자기 몸종으로 삼아야겠다고 우겼던 것입니다.

1) 왕비가 매일 잔치를 열어 요정들과 노는 것을 너무 좋아해서

2) 오베론과 티타니아 사이에 아이가 없어서

3) 오베론이 다른 요정과 사랑에 빠져서

4) 오베론이 요정 퍼크와 장난하는 것을 너무 좋아해서

5) 왕비가 데려온 아이를 왕이 몸종으로 삼아야겠다고 우겨서

● 논리 능력 Level Up!

1. 다음 글을 읽고, 「말괄량이 길들이기」에서 자매로 나오는 캐서린과 비앙카의 성격을 각각 두 가지씩 나열해 보세요.

> 문제는 캐서린입니다. 비앙카가 양처럼 온순하고 얌전한 반면에, 언니 캐서린은 성질이 사나운데다가 수다쟁이, 고집쟁이, 심술쟁이로 온 도시에 소문이 나 있었습니다. 그래서 캐서린과 결혼하겠다고 나서는 사람이 하나도 없었습니다.

2. 안토니오는 어떻게 해서 샤일록의 손에서 살아나게 되나요? 다음 글
   을 읽고 말해 보세요.

> "안토니오의 살을 베어 내되 피는 단 한 방울도
> 흘려서는 안 되오, 여기 씌어 있는 것은 오직
> 살 1파운드이지 피는 조금도 포함되어 있지 않으니까.
> 만약 안토니오의 피가 한 방울이라도 흐르면 그대도
> 살아남지 못할 것이오."

_____

_____

_____

3. 샤일록은 밧사니오의 보증을 선 안토니오에 대해서 평소에 좋지 않은
   감정을 갖고 있었습니다. 왜 그랬을까요?

_____

_____

_____

_____

4. 「뜻대로 하세요」에서 나쁜 마음을 고쳐먹고 착하게 살아가기를 결심
하는 두 사람이 있습니다. 그 두 사람은 누구일까요?

5. 「한여름 밤의 꿈」에서 라이산더와 허미아는 어떠한 곳으로 도망을 칠
까요?

6. 요정 나라의 왕인 오베론이 가장 아끼는 요정, 퍼크는 개구쟁이였습
니다. 퍼크가 했던 장난에는 어떠한 것이 있는지 적어 보세요.

7. 「십이야」의 쌍둥이 남매 세바스찬과 바이올라의 특징에는 어떤 것들이 있습니까?

8. 오시노 공작은 자신을 향한 바이올라의 사랑을 언제 알아차릴까요? 다음 글을 읽고 생각해 보세요.

> 공작은 그동안 자신이 어리석은 사랑에 빠져 진정한
> 사랑을 몰라봤다는 것을 깨닫고 바이올라를 사랑하게 되었습니다.
> 공작은 바이올라를 정답게 바라보며 말했습니다.
> "바이올라, 그대에게 마지막 명령을 내리겠소.
> 바로 오시노 공작 부인이 되라는 것이오."
> 바이올라는 너무나 기뻐 아무 말도 할 수가 없었습니다.

● 논술 능력 Level Up!

1. 아버지인 뱁티스터는 캐서린의 성격 때문에 그녀에게 청혼하는 사람이 없자 매우 걱정합니다. 그렇다면 나의 성격은 어떤가요? 내 성격의 장점과 단점을 차근차근 생각하며 써 보세요.

2. 캐서린은 순종적인 성격으로 바뀝니다. 나도 어떤 나쁜 성격을 바르게 고쳤던 경험이 있다면, 어떤 계기로 누구 때문에 그렇게 됐는지 써 보세요. 그리고 동생이나 친구도 그런 경우가 있다면 한번 적어 보세요.

3. 「베니스의 상인」에서 만약 밧사니오가 자신을 도와달라는 안토니오의 편지를 실수로 전달받지 못했더라면 어떻게 되었을까요?

4. 아테네의 왕은 법을 바꿀 수 없다는 이유로, 허미아가 아버지의 말을 거역한다면 사형시킬 수밖에 없다고 말합니다. 내가 만약 아테네의 왕이라면 어떻게 했을까요?

5. 오시노 공작은 올리비아를 향한 사랑 때문에 자신을 사랑하는 바이올라의 마음을 일찍 알아차리지 못합니다. 내 주위에도 나를 사랑해 주고 아껴 주는 사람들이 있습니다. 나는 나를 사랑하는 사람들의 마음을 잘 알고 있나요? 혹시 그들의 마음을 깨닫지 못하고 나쁘게 대한 적은 없었는지 써 보세요.

6. 만약 내가 바이올라였다면, 폭풍우를 만나고 형제를 잃어버렸을 때 어떻게 행동할지 상상해서 써 보세요.

풀이

이해 능력 Level Up!

1. 1)　　　2. 4)　　　3. 3)　　　4. 1)　　　5. 2)

6. 5)　　　7. 5)　　　8. 3)　　　9. 3)　　　10. 4)

11. 1)　　　12. 5)

논리 능력 Level Up!

1. 캐서린의 성격 : 수다쟁이, 고집쟁이(황소 같은 고집), 심술쟁이(심술이 사
　나움), 툭하면 욕을 함

　비앙카의 성격 : 얌전함, 착함, 양처럼 온순함(이 중에 두 가지씩을 적으면
　됨. 두 사람의 외모를 묘사한 것은 답이 될 수 없음)

2. 계약서대로 안토니오의 살 1파운드를 자르되 피에 대한 조건이 없으므
　로 피는 절대로 흘려서는 안 된다고 판결했다. 그래서 안토니오는 살아
　나게 되었다.

3. 안토니오가 계속 무이자로 돈을 빌려주어 자기 평이 더 안 좋게 되고
　자기 손님을 빼앗긴다고 생각했기 때문에

4. 착한 왕의 동생인 프레드릭 왕과 올랜도의 형인 올리버

5. 라이산더의 숙모님이 살고 계신 곳이며 아테네 국경 밖이어서 아테네
　의 법률이 미치지 않는 곳이다.

6. 남의 집 젖소의 젖을 마구 짜내어 버리기, 아가씨들이 만든 크림 속

에 들어가 엉망이 되도록 휘저어 놓기, 할머니가 차를 마실 때 할머니의 입술을 쳐 차를 다 쏟게 만들기, 할머니의 의자를 잡아 빼 엉덩방아 찧게 만들기

7. 둘은 일란성으로 생김새가 똑같음, 항상 붙어 다니고 남들이 시샘할 정도로 사이가 좋았음, 옷을 똑같이 입으면 누가 누군지 부모도 분간할 수 없었음

8. 바이올라와 세바스찬이 쌍둥이 남매라는 사실이 밝혀진 후, 아름다운 아가씨로 변한 바이올라를 보고 자신을 사랑했던 바이올라의 마음을 알게 된다. 그래서 그동안 어리석은 사랑에 빠져 진정한 사랑을 몰라봤다는 것을 깨닫고 바이올라를 사랑하게 되는 것이다.

논술 능력 Level Up!

1. 혹시 나에게는 캐서린과 같이 모난 성격은 없는지 가족들에게 나의 성격에 대해서 물어보며 적어 보자.

2. 예시 : 나는 너무 소극적이다. 마음속으로는 낯선 사람들과 활발하게 이야기도 하고 싶고, 내 의견도 말하고 싶은데 입이 떨어지지 않는다. 그래서 친구들에게 잘 다가가지도 못한다. 그런데 이번에 새로 전학 온 친구가 있었다. 낯선 곳에서 풀이 죽어 있는 그 친구를 위해서 용기를 내어 먼저 다가가 인사를 건네며 내 이름을 불러 주었다. 그러자 그 친구는 반갑게 나를 맞아 주었다. 그 일이 있은 뒤 나는 조금씩 사람들 앞에 나서는 것에 자신감을 가지게 되었다.

3. 만일 밧사니오가 안토니오의 편지를 받지 못했다면 안토니오는 살아남을 수 있었을까? 자신의 생각을 자유롭게 적어 보자.

4. 왕도 자기의 마음대로 법을 바꿀 수는 없다. 그러나 허미아는 법이 바뀌지 않으면 죽을 수밖에 없다. '어떻게 하면 허미아를 살릴 수 있을 것인가'에 대해 써 보자.

5. 예시 : 때로 나는 부모님의 사랑을 너무도 당연하게 여긴다. 그래서 소중하게 느끼지 못한다. 부모님께 화도 내고 말도 공손하게 하지 않는다. 어제는 방 청소 좀 하라는 엄마에게 책을 집어 던지기까지 했다. 엄마가 하지 왜 나에게 시키냐면서. 지금은 내가 너무 못된 아들이라는 생각을 하며 후회한다.

6. 만일 내가 바이올라처럼 폭풍우를 당하고 가족을 잃어버렸다면 마음이 어땠을까? '내가 바이올라라면…….'이라 생각하며 상상의 나래를 펼쳐 보자.

초등학생이 꼭 읽어야 할 세계 명작 시리즈